JN085877

母の最終講義

最相葉月

第 一 章

「余命」という名の時間

「余命」という名の時間

急坂を上りきると、ホスピスの白い建物が見えた。この日は大学病院での治療を断念した父を受け入れてもらうにあたって、病棟を見学することになっていた。車を降りて周囲を見渡すと、南面に墓地が広がっている。なぜ墓地が。いや、墓地のほうが先にあったのか。苦いものが喉元までこみあげてきた。

受付を済ませると、事務局の女性が私たちを案内してくれた。それぞれの部屋の値段や食事の内容、家族が付き添う場合は寝具を持ち込まなければならないことなど説明を受ける。布団一式をタクシーから病室までよちよち歩きで運ぶ自分の姿をぼんやり思い浮かべていると、女性が告げた。

「このところ部屋がなかなか空かなくて、早くても三か月はお待ちいただくことになると思います」

ホスピスそのものが不足している上に、部屋数が限られている。三か月も待てるだろうかと不安を覚えつつ、いや、部屋が空かないことはよいことなのだとあわてて思い直す。杖を借りれば自力で歩ける父を見て、即入院というわけではなさそうだと判断されたのか、在宅ケアに取り組むペインクリニックを紹介され、部屋が空くまで自宅療養を続けることになった。余命半年の宣告から九年目の秋のことである。

がん告知以来、「余命」という名の父の時間に伴走してきた。わが家は母にも脳出血の後遺症があり、私は二十代のときからすでに二十年近く、ヘルパーの手を借りながら遠距離介護を続けている。さすがに私一人では無理と思ったのか、父は自分でヘルパーを見つけて、さっさと葬儀場の手配まで済ませてしまった。娘をわずらわせてはいけないという配慮からだろうが、心中は穏やかではない。あるとき、ケアマネジャーがいった。

「うちも自分の親はほかのヘルパーさんに任せてるんですよ。親子やとどうしても喧嘩になるからね。こういうのは他人やからええのよ」

人の力を借りられるときは借りればいい。私は自分を守るためにも甘えることにした。限界はある。余命宣告が一般的に行われるようになったものの、告知後の患者の精神的なケアは家族に預けられたままである。限られた命と知り、生命の最後の火を燃やし尽くそうとこれまで以上に活動できる人はいる。

だが多くは、最初のうちは友人に別離の手紙を書いたり遺言や葬儀の手配をしたりして覚悟を決めるものの、そのうち医学の進歩によってもたらされた不自由で長すぎる余命を生きることに疲れていく。

父がそうである。手術で舌と声を失い、食事も流動食しか食べられない不便さもあって、活動範囲は急速に狭まった。見舞い客は次第に減り、社会から切り離されていく。転移や発作のたびに入退院を繰り返し、言葉が話せぬもどかしさが精神をむしばむ。鬱屈は家中に蔓延《まんえん》し、こちらまで窒息しそうになる。子ども返りしていく両親を抱えきれず、ときに私の口から暴言が飛び出る。

「そっちは娘がいてよかったね。子どもがいない私が同じ状況になったら自殺するしかないし」

巷《ちまた》にあふれる介護美談に意地悪く嘘を見透かし、介護者の親殺し事件が報じられると、自分の中にも彼らとよく似た邪鬼がいることにぞっとする。ああもう限界。酸素不足の水槽で口をパクパクさせる金魚のようになったら、一刻も早く東京に戻らねばならない。人に会い、原稿を書き、心を立て直す。その繰り返しである。交通費は、心身を健康に保つための必要経費と考えるようにした。

その後まもなく下血が止まらなくなった父は、昔から世話になっていた地元の病院に緊急入院した。病室へ行くと全身がカタカタとけいれんしている。ホワイトボードを差し出すと、ミミズが這うような字で、「今晩、死ぬ」と書く。

大丈夫だようと励まし、しばらく付き添う。このときは十日ほどで退院したが、一か月後にまた容態が悪化して同じ病院に再び緊急入院した。墓の前のホスピスは、父も私も、なかったことにしていた。

私はヘルパーとローテーションを組み、残りわずかな時間に付き添う。

「今晩、死ぬ」

大丈夫だよう、と私は答える。

「今か、今夜か、明日か、死ぬ」

大丈夫だよう、と私は首を振る。

死の恐怖が押し寄せるたび、父はボードで訴える。


余命宣告とは何か、と思う。この九年の間に、私は若い友を四人失った。二人は病、二人は自死だった。死ぬ、明日死ぬ、と訴える父の足の爪を切りながら、余命を告げられぬまま、父の半分も生きなかった彼らを思う。

私自身の死を考える余裕はかけらもないが、死はすぐそこにあっていつでも行ける場所だという親近感は日増しに強くなり、たとえばロードレーサーに乗って時速五十数キロで山道を下るときなど、死に対する恐怖をまったく感じない最近の自分に驚いたりしている。

宗教を語る言葉が欲しい

「神道に変えようと思います」――弟から短いメールが届いた。一瞬、意味がわからなかったが、次第に了解した。九年前に父が亡くなり、私が認知症の母を東京に呼び寄せてからは、神戸の墓をどうするかがわが家の検討課題となっていた。

弟の妻は山陰地方の神社の娘で、弟一家は数年前、その近くに移住している。メールは墓を改葬するのに伴い、供養は義妹の実家の世話になるつもりであると伝えてきたものだった。

わが家は浄土真宗である。神戸大空襲で家を焼け出されたとき、祖母は過去帳を着物の袂《たもと》に入れ、小さな阿弥陀如来像を襟から差し入れて胸に抱き、幼い父の手を引いて逃げたと聞いている。そのときに欠けたらしく、阿弥陀様には右手首と左のつま先がない。

父は七人きょうだいの末っ子で、三歳のときに父親を、十歳までに二人の兄と一人の姉を、二十代で母親を亡くした。貧しさのため墓もなく、生き残った唯一の男子である父の悲願が墓を建てることだった。淡路島から紀伊半島まで一望できる山にある墓は、父が六十代で建てたものだ。墓参りついでに参ってほしいからと、伯母夫婦も生前、隣に墓を建てていた。

父の葬儀は地元の寺に依頼して遺骨は墓に納めたものの、法事に母を連れて山に登ることは不可能で、たまに実家の空気を入れ替えるときに仏壇に花を供えるぐらいだった。

私自身、信仰心は薄く、正月は神社に初詣、葬式となれば寺へ、クリスマスに讃美歌を歌う程度のごく一般的な日本人だ。何か月も閉じたままにしていた仏壇の扉を開けて阿弥陀様と父の写真を見るたび、申し訳ないような、だけど父はここにはいないような、毎回そんな複雑な感情にとらわれていた。

ある日、伯母夫婦の墓が消えた。いつの間にか従姉が墓じまいしたようだった。私にも子どもはいないので、死んだら海に散骨しようと夫と互いに約束している。墓にも仏壇にも執着はなく、弟の決断に反対する理由はなかった。わずか十数年で父の祖先とまったく関係ない土地に墓を移し、しかも改宗までするのは残念ではあったが他に方法はない。新しく受け入れてくださる神様がいるだけでありがたいと思うことにした。

少子化が進み、墓じまいの報道に接することが多くなった。葬儀に参列したら無宗教だったということも増えた。寺や神社との関係が薄くなり、日本人はますます宗教と縁遠くなっている。ここ数年、各地のキリスト教会を訪ね歩いているが、事情はあまり変わらない。信徒や聖職者の数が減り、神父や牧師の兼任や教会の閉鎖、修道会の撤退が進んでいる。

東日本大震災による火災で町が焼失した岩手県下閉伊《しもへい》郡山田町にあるハリストス正教会を訪ねたとき、こんなことになるなら子どもたちに幼児洗礼を授けておくべきだったと嘆く声を聞いた。カトリックや正教会では先祖代々信者の家が多い。生まれて間もなく洗礼を授ける慣習があるためだが、戦後生まれの世代が親になった頃から様子が変わった。洗礼を受けるかどうかは自分で決めさせたいと願う親が増えたのだ。

私が話を聞いた信徒の男性も、そんな親の一人だった。山田町でキリスト教会といえばロシアを経由して北海道から伝わった正教（オーソドクス）であり、クリスチャンの家に生まれれば気づいたときは正教徒である。自分の信仰は親に授けられたものであって、果たして自分は神を信じているのかとの想いをずっと抱えていた。子どもたちに幼児洗礼を受けさせなかったのはそのためだ。

だが震災で聖堂が焼失し、信徒の戸籍であるメトリカも失われたことで男性は深い後悔に襲われ、信仰の大切さに気づいたという。昨年末にようやく会堂が再建され、建物と神のつながりを取り戻す成聖式が行われたとき、これで孫子の代まで伝えていけると安堵の表情を浮かべていた。都会に暮らす子どもたちが洗礼を受けるかどうかはわからないが。

考えてみれば、個人の内面の問題であるはずの信仰が先祖代々受け継がれるというのは不思議な話だ。仏教や神道は歴史的な経緯があるためまだわかる。初詣であれ、葬式であれ、儀式にのっとるだけであって、神や仏を信じているから祈るという感覚ではない。信仰というより信心という言葉が似合う。

一方、一神教は神がすべてである。親に授けられても、成長の過程で繰り返し神との関係を自問自答せざるをえない。日本には日曜だけ教会に通うサンデー・クリスチャンが多いので日常的に宗教間の衝突はほとんどなく、近年は超教派の対話も進んでいるが、本来、一神教は不寛容さを内包しているものだ。

私が一神教の厳しさを知ったのは、中国の地下教会に生まれた朝鮮族の女性の身元引受人になってからである。彼女との交流については、『ナグネ　中国朝鮮族の友と日本』に書いたので繰り返さないが、共産党公認の教会以外では聖書を配るのも礼拝を行うのも違法であり、彼女自身、執事だった父親が公安に拘束されるなど怖い経験をしてきた。来日してからも聖書を肌身離さず、すべては神のお導きと考える。クリスチャンというと決まって「敬虔《けいけん》」という修飾語が付くが、敬虔とは彼女のような信者をいうのだと気づかされた。

生まれたときからそれが当たり前だから、ほかの神を知らない。認められない。せっかく日本にいるのに神社や寺を訪ねようともしない。私は長らく生命科学を取材していたこともあって生物学や進化に詳しいほうだが、彼女が日本にやってきた頃は天地創造の話を始めるといつも平行線に終わり、話がまったく通じないことに疲れ果てた。

当時まだ十九歳だった彼女もまもなく四十歳。日本でいろんな経験を重ねてかなり柔軟になったが、先日久々に宗教談義をしたところ、一神教同士のように鋭く対立するわけではないものの、キリスト教に歩み寄ろうとしている私でさえどうしても乗り越えられない壁を依然として感じるのだった。

『科学者はなぜ神を信じるのか』を出版した理論物理学者でカトリックの助祭である三《さん》田《だ》一郎さんと対談したときに感じたのもこの壁だった。最先端で研究を続けてきた人であっても、クリスチャンなら究極のところに天地創造の神が存在する。科学研究は神のわざを知り、神に近づこうとする行為であり、信仰と矛盾するものではないという姿勢である。

私はクリスチャンではないので、創造の神がいるかどうかわからない。わからないから追究したいと考える。創造神を信ずるのはどうしても思考停止のように思えるのだ。ただ、この壁はまぎれもなく私の意識がつくったものだ。自分は信仰が薄いとか無宗教だとかいいながら、幼い頃から身近だった仏教や神道が自分に深く刻まれている証拠ではないか。このあたり、山折哲雄さんが語っていることがしっくりくる。

「わたしは日本人の宗教、信仰というものは、一神教を信じる人々とは異なり、感ずるところに在ると思っています。神の存在を信ずるか信じないかではなく、自然の中に神々の声、仏たちの気配を感じる」（山折哲雄・柳美里『沈黙の作法』河出書房新社）

数年前、神主である義妹の父に、「日本人って、神や仏を信じてはいないんじゃないですか」と訊ねたとき、そのとおりだと思うとの答えが返ってきた。信心はあるけれど、信じているかどうかはよくわからない。阿弥陀如来を信じているのかといわれると即答はできない。家が代々仏教だからといって、日常的に仏と対話するわけでもない。

一神教の信者と向き合うときに、圧倒的な世界観宇宙観の違いがありながら、それをうまく伝えられないのはもどかしい。多くの外国人が隣人として暮らす現代社会において、もはや、これが日本人の宗教観だといって済ませられる時代でもなかろうに。今ほど、自分の宗教を語る言葉が欲しいと思ったことはない。

先日、性根《しょうね》抜き法要を終えた。関西では遺骨を壺《つぼ》から出して納骨室に入れる。そのまま散骨できたが、それもしのびないということで懐紙《かいし》に包み、父の骨は無事、義妹の実家近くの墓に移された。神道には変えていない。いっときの想いで決めるものでもないという先方の配慮があったようだ。手足の欠けた阿弥陀如来像は今、日本海に近い町にいる。仏さま、引き続きよろしくお願いいたします。

島育ちのご縁から

神戸の実家を整理していたら、亡父が若い頃に働いていた松竹大船撮影所時代の写真や生原稿が大量に見つかった。とりあえず東京に送り、確認してから処分するつもりだったが、同じ頃の両親の手紙まで出てきてしまい、捨てられずにいる。

一通目は、父がロケ地から東京にいる母に送った昭和三十八年五月の手紙だ。住所は鹿児島県大島郡喜界町《きかいちょう》赤連《あかれん》のおりた旅館とあり、ロケ隊の宿泊地と思われる。テレビが登場して映画産業が斜陽といわれた頃、給料の遅配が生じていたようで、ロケ地まで給料明細を送りつけた母をなだめる内容だった。

助監督だった父は役者の手配やお金の計算などを任され、忙しく働いている様子。不平不満は帰ってから聞くとあり、こんな一節が添えられていた。

「身体に気をつけて丈夫な二世を造り上げるべくやってくれ」

母は私を身ごもっていた。私の誕生月は十一月なので、五月といえばまだ不安定な頃だ。ロケ地まで手紙を送ったのは心細かったためだろう。

ロケ隊が撮影していたのは、八木美津雄監督の「島育ち」（一九六三）という映画だった。主演の岩下志麻が演ずるのは大島紬《おおしまつむぎ》の織り娘で、東京から製糖工場の視察にやってきた川津祐介演ずる男性と惹かれ合い、再会を約束して別れたところから始まる悲しい物語である。

豪雨で宿から一歩も出られない日もあり、撮影はなかなか終わらない。夜は電気が消えてしまうため、手紙はランプの下で書いていたらしい。この頃、父のもとには神戸に住む姉から母親、つまり私の祖母ががんで余命わずかとの知らせが届いており、かなりのストレスを抱えていたと思われる。

それでも束の間、島に癒やされることがあったようで、荒木ウリ浜で八月踊りの撮影があった日、村の人々のダイナミックな踊りと老人の唄のもの悲しくロマンチックな詩句に胸を打たれ、奄美《あまみ》諸島の歴史に思いを馳せるうちに、「オレ自身が全く軽薄な、まるで何んでもない存在じゃあないか、とフト思った」と書いている。

ロケ隊はその後、徳之島での撮影を終えて帰京したが、父は神戸に立ち寄り、祖母が八月に亡くなるまで付き添うことになる。

私は子どもの頃、父や伯母から、おばあちゃんは赤ちゃん赤ちゃんといいながら亡くなったんだよ、一目会わせてやりたかったと聞かされていた。今になって初めて自分の誕生前夜の状況を知り、そこに奄美の島々が関係し、今こうして鹿児島県の地方紙である南日本新聞にそんなエピソードを書けるのはもはや偶然とは思えず、このご縁に深く感謝するばかりだ。

大事なご縁はもう一つある。父は晩年、がんで不自由な暮らしを強いられたが、認知症を患う母に代わって私と共に父の闘病を支えてくれたのは、奄美出身の介護士Ｆさんだった。父をなんとか喜界島へ連れていきたいとＦさんと準備を進めたが、体力がないからと本人があきらめてしまったのが心残りだ。

一昨年、Ｆさんと奄美で再会し、思い出を語り合った。父は島育ちの朗らかなＦさんに若き日の思い出を重ね、安らぎを感じていたのかもしれない。八月踊りで父が聴いた、もの悲しくロマンチックな唄とはなんだったのだろう。聴いてみたい。

ワクチン集団接種を前にして

父の旅行鞄から古い胸部レントゲン写真が見つかった。そういえば、父は生前、結核で大学を休学したことがあるといっていた。こんな写真を保管しておくなんて、よほど思い入れがあったのだろう。

結核は、昭和二十年代までは日本人の死因一位で死の病といわれていた。三浦綾子の小説『塩狩峠』にも、主人公が想いを寄せる親友の妹が「肺病」で苦しむ様子が描かれている。結核菌が脊椎《せきつい》に感染するカリエスで、ほとんど病床から起き上がれない。明治後半の話だが、近所から立ち退きを迫られるほど嫌われる病だったという。

戦後は抗生物質が普及し、ワクチンの集団接種も進んで死亡率は急速に低下し、感染者数は激減した。昭和三十年代初頭に学生だった父は、医学の大きな転換期にいち早く恩恵を受けた世代だったようだ。

国民への福音と思われた集団接種であるが、後年、思わぬ問題が起きている。注射器の使い回しによって、多くの人がB型肝炎ウイルスに感染したのだ。一人ずつ交換する必要があるという通達が当時の厚生省から出ていたが、現場に周知徹底されず、一針で六人に打つような連続使用が何年も続いた。国も安全性より効率性を優先して事態を放置した。

平成元年に感染者が国を訴えたB型肝炎訴訟は最高裁まで進み、平成十八年、国の責任が認められた。その五年後には「特定B型肝炎ウィルス感染者給付金等の支給に関する特別措置法」が成立し、認定基準を満たした原告には和解後、給付金が支給されるようになった。

私も感染者の一人である。二十代のときに受けた血液検査で判明したのだが、訴訟が始まる前で幼少期の集団接種が関係しているとは思いもしない。病院で受診を断られたり後回しにされたり、がん保険の審査にはねられたりするうちに、感染者は差別の対象だと知るようになった。

残念なのは献血ができないことだ。輸血用の血液が足りないのでご協力お願いしますと声をかけられるたび、すみませんと頭を下げて通り過ぎる。献血したいのはやまやまだが、万一のことがあってはいけない。

注射器は使い捨てが常識の今では想像もできないが、医学の進歩の過程では想定外のことが起こりうる。今、私たちが和解に進めるのは、最初に札幌地裁に提訴した五人の患者がいたから。命を賭《と》して闘った人々に深く感謝している。

まもなく新型コロナウイルス・ワクチンの集団接種が始まる。一般への接種が始まったらできるだけ早く受けたいと思っている。副反応を案ずる声があるのは承知しているし、接種するかどうかは個人の自由だ。ただ医学に一〇〇パーセントの安全はありえない。コロナと闘う医療関係者や、臨床試験に参加した人々の献身に応えるには、一人ひとりが感染しないよう最善の策をとることしかない。

集団接種が進むイスラエルや英米では、年明けから明らかに新規感染者が減少している。外出規制などの成果もあるだろうが、ワクチンの効果が現れ始めているなら喜ばしいことだ。

かつての集団接種の過ちを繰り返さぬよう、安全を第一に、注意深く進めていただくよう願っている。

第二章

母の最終講義

第二幕が開いて

五十歳を過ぎて、母に育てられた年数よりも母を介護してきた年数が上回った。いつの頃からか、実家と東京を往復する交通費を計算するのもやめていた。私には子どもがいないので、これは自分にとっての子育てのようなもの、運命なのだといい聞かせてきた。

しかし今年に入り、遠距離介護に限界が訪れた。目一杯の介護サービスを受けても、空白の時間帯にトラブルが発生するようになったのだ。食材を大量注文する。冷凍食品が届いても冷蔵庫に入れてすぐ腐らせる。物盗られ妄想が始まり、ヘルパーや私を攻撃する。

おつりの計算ができず、いつも紙幣で払うものだから財布は小銭だらけに。日に三十回ほど、私の電話を鳴らしては無言で切る「ワン切り」を繰り返すようになった。携帯電話で話をするという当たり前の行為を忘れてしまったのだ。一番の問題は入浴できなくなったこと。清潔であることが清々しいという感覚が失われた。

うちではもうお受けできません。ヘルパーの派遣会社から最後通告を受け、私は決断を迫られた。嵐が吹き荒れたような途中経過は省くが、結論をいえば、遠距離介護は終わった。母は今、わが家のそばにある介護ホームに入居し、私は一日おきに洗濯に通っている。介護劇場第二幕が開いたばかりだ。

元気な頃の母がどんな人だったか、最近はほとんど思い出さなくなった。思い出しても詮《せん》ないことだ。過去は過去、今は今。今日から始まる思い出だってある。お互い元気でいる親子よりも距離は近いから、心に残ることはこれからつくっていけばいい。

来年、私は母が脳出血で倒れた年齢になる。同じ病になったとして、それから二十六年、自分の足で外出できず、友だちもおらず、買いたいものを買えず、食べたいものを食べられず、読みたい本を読めず、人の世話になるばかりの時間が続くと想像するだけでぞっとする。だが母はそのぞっとする時間を生きてきた。納得のいく人生とはなんだろう。やりたいことを自由にできることだろうか。

今、私の心境は大きく変化しつつある。この日々は母が私に与えた最後の教育ではないかと思うようになっているのだ。こんなこと、教えたくても教えられるものではない。税金のかからない生前贈与といってもいい。それを母はやってのけ、今なお現在進行形である。そういえば、さっき、してやったりという顔をしていたような……。

母の最終講義が始まった

空き家になった神戸の実家を売却する準備が大詰めを迎えている。三年前に認知症の母親を東京に呼び寄せてから時々帰って片づけてはいたが、そろそろ一人で手に負えるレベルではなくなり、生前整理の業者に頼むことにしたのだ。

亡くなるまでの九年間、がんで闘病していた父は物品にほとんど手をつけていなかった。箱入りの食器や壺など開封しなければ中身がわからないものも多く、そういうものに限って高い棚に置かれているから椅子の上り下りだけでクタクタになる。売れるかなと思ってインターネットで調べるが、ほとんど値がつかずにオークション終了となっている大量生産品ばかり。弟のため一度だけ飾った五月人形も廃棄するしかないようだ。

まったく、なんで博多人形が五つもあるのだ。宝塚女優の名前入りカップセットって、誰かファンだったっけ？　絶滅のおそれがある動植物の取引を規制するワシントン条約に引っかかりそうな動物の置物まである。いったいどうしろっちゅうねん……ブツブツ。人生の半分以上が東京暮らしになった今も、ひとり言は関西弁だ。

業者に委ねる決意をしたのは、古い旅行鞄から大量の大学ノートが出てきたときだ。パラパラ読んでみると、人生最大の大失恋らしき湿っぽい話が縷々《るる》つづられている。独身時代の父の日記ではないか。なんで自分で捨てとかへんねん！
ついに怒りが爆発した。母に見つかったらどうするつもりだったのか。認知症をいいことに捨てなかったのか。物書きの娘なら興味をもって読んでくれるとでも思ったのか。そうは問屋がおろし大根、残念でした、読みましぇーん！

世のお父さん、お母さん、いいですか。立つ鳥跡を濁さず。生前整理をよろしくお願いしますよ、まったくもーう。

というわけで先日、業者が見積もりにやってきた。テレビで見たことはあったが、その作業ぶりにはかなりショックを受けた。次々とタンスの抽斗《ひきだし》を開け、物を出していく。宝探しの様相だ。思い入れがないため作業は実にスピーディである。

「七〇〇万円見つかったおうちもあるんですよ」

な、ななひゃくまんえん……。母が病気になる前に隠していたらわかりませんが、まず期待できませんねえとお答えする。

誤解を招きかねないので書いておくが、そもそも私が実家を売却できるのは母の成年後見人だからだ。本人が認知症などで財産管理のような重要な判断ができない場合、親族の了解と家庭裁判所の審判を経て就任する。

きょうだい間のトラブルや弁護士による横領事件が相次いだことから、最近は一定額以上の貯蓄を銀行に信託するよう指導される傾向があり、この手続きが終わるまで弁護士が財産管理の成年後見人となる場合が多い。

　わが家も売却益を信託するまでは弁護士が財産管理の後見を、私が生活面での後見をするダブル成年後見人体制をとるようにと審判が下った。

　面倒きわまりないが、所有者が母である以上、母の利益を最大限守らねばならない。空き家の固定資産税や管理費を払い続けるより、そのぶん母が入居する介護施設の費用や医療費にあてたほうが本人の利益にかなう。住まなくなって三年目の年末までに売れば税金が優遇される「空き家特例」もあるので、これを利用しない手はない。不動産会社も初めてのケースらしく、共に学びながら進めているところだ。


　一作業を終えて帰京するや、介護施設から母が肺炎で入院したと電話がかかってきた。ふぎゃー、家を売るなといわんばかりの絶妙なタイミング。なんてこったと思いながら病院に駆けつけると、点滴を抜かないよう両手を縛られている。私まで拘束されたようで持病の腰痛が突如ぶり返した。

　暴れるわけではないのではずしてほしいと懇願するが、看護師が足りず、事故を防ぐには拘束せざるをえない、受け入れられないならほかを探してくれと医師に説明される。ケアマネジャーに相談するが、どこの病院も似たり寄ったりの状況。私が付き添っている間ははずしてもいいというので、毎日病院に通うことにした。

十日目に拘束ははずれたが、退院後は寝たきりだろう。五十四歳で脳血管性の若年性認知症になって約三十年、介護とそれに伴う諸問題で心身共に限界だった時期もあるが、不思議なことに最近は、母が身をもって私を鍛えてくれていると思えるようになった。いざとなっても人工呼吸器や胃ろうはせず、自然に任せようと思っている。近い将来、その決断を下すのは私だ。実家の整理も粛々と進めるしかない。覚悟はあるのか、私。

さあ、いよいよ母の最終講義が始まった。

介護の知恵をつなぐ

当事者になって初めて知る困難がある。私ごとだが、母の認知症が進行してからというもの、次々と押し寄せる難題に振り回されてきた。その一つが入浴拒否だ。清潔でいることは快適だという感覚が働かない。ヘルパーもお手上げ。ダメもとで介護経験者や専門家が集うインターネットの掲示板で相談してみたところ、介護福祉士からこんなコメントをもらった。

「お母さまは風呂に入りたくないのではなく、入れないのではないでしょうか」

目からうろこがこぼれ落ちた。季節は冬。風呂に入るのはたいてい夜だ。タイル張りの浴室は足元から冷える。手すりはあるがバスタブは深く、転倒の危険がある。なるほど、断固拒否の背景には恐怖心があったのかもしれない。

もう一つ困った症状は、電話を無言で切る「ワン切り」だった。早朝から日に三十回、母から私のケータイにかかってきた。折り返すと、電話などかけてないという。ある介護経験者に話をすると彼女はいった。

「寂しくて電話してみたけど、かけた瞬間に自分が何をしようとしていたか忘れてしまうんじゃないかしら。あなたからもかけてみたら？」

電話にわずらわされるあまり、自分からかけようと思うことがほとんどなくなっていた。やはり経験者の言葉は参考になるものだ。

ピア・カウンセリングという言葉がある。「ピア」とは「仲間」「対等の人」という意味で、障害者が同じ障害のある人の話を聞いて互いに支え合う、一九七〇年代のアメリカで始まった障害者の自立生活運動を起源とする。今では障害や病気だけでなく、犯罪や事故、災害で家族を失った遺族、不妊カップルなどでも実施され、精神的なケアの効果が大きいことがわかっている。

原則として、批判や直接的なアドバイスは行わない。悩みを打ち明け、みんなで考える。カウンセリングといっても専門家に相談に乗ってもらう一方的なものではなく、一緒に聞き、一緒に悩む。同じ境遇にある人しか理解し得ないことを語り合うからこそ可能な試みだ。その結果、聞いてもらってよかった、またみんなに会って次は自分が誰かの悩みを聞いて考えてみよう、と感情が前を向く。

認知症の場合、介護にあたる家族が会社ではベテランで役職に就いていることも多く、当事者同士が集まってゆっくり話す機会を設けることがむずかしい。愚痴を聞いてくれる友人がいれば多少は楽になるが、当事者でなければどうしてもわからないことがある。

私が主介護者になったのは母が脳出血で倒れた二十代後半で、そばに相談相手がいなかったため心細かった。だがその後、経験を積み、可能な限りの介護サービスを利用し、宅配業者や牛乳配達の人など定期的に訪れる出入りの人々にも見守りに参加してもらって、オリジナル・セーフティネットを整備した。

このたびはそんな経験も無にするほどの症状に母も私も襲われたわけだが、経験者同士、あるいは経験者と専門家をつなぐ場所がネット上に存在すると知り、自分が決して孤独ではないと実感できたのは大きな収穫であった。

認知症に伴うたいていの困難はすでに経験している人がいるもので、必ず誰かが応援してくれる。もちろんそれぞれ家庭の事情は異なり、解決できない場合もあるが、悩みを分かち合えるだけで少しは気が晴れる。

超高齢化社会とは、見方を変えれば介護経験者が多い社会である。予防や薬の開発も大事だが、今この時の困りごとを支える介護技術データベースを構築できないものか。介護には現場の人々が試行錯誤を繰り返しながら編み出した優れた技術がある。経験者の知恵をまとめて次の世代に引き継ぐことができれば介護の全体的な底上げにつながり、人手と時間とお金を多少なりとも現状の改善に注げるようになる。

介護技術を家庭や施設内に閉じ込めず公的財産とする。それはひいてはこの国の力になると思うのだがどうだろう。

手芸という営み

星占いを見たら、「良き選択あれば良き結果が。物欲控えて吉」とあった。よく当たるのでたまに眺める某紙の小さなコーナーなのだが、今回もまた大当たりで、あちゃーっとなった。スマートフォン経由で大量のハギレを注文したばかりだったからだ。

こう見えて、私は手芸が好きである。子どもの頃に母がレース編みの内職をしていて、よくセーターを編んでくれた。着飽きたら糸をほどいて両腕に巻き、やかんの蒸気に当ててクセを伸ばす。インスタントラーメンのように縮れた毛糸がしゃんとなって、新たなセーターやカーディガンに生まれ変わるのがうれしく、よくこの作業を手伝った。

内職するぐらいだから母の腕はプロ級で、一目ごとに糸を変えなければならない複雑な図柄のものでもあっという間に完成させた。外に着ていくと誰かに褒められて、ちょっと鼻が高かった。といってもオリジナルではなく手本となる手芸本がちゃんとあり、主婦の友社や日本ヴォーグ社、作家の向田邦子が勤めていたこともある雄鶏社の本が実家の書棚に並んでいた。

一つ残念だったのは、わが家にはミシンがなかったことだ。ぜいたく品だったためか、母は買うそぶりすら見せなかった。何かつくりたいときは仕方なく、学校の家庭科室にあったミシンを借りた。

高校時代、好きな男子にお手製のズタ袋を贈って告白するのがはやっていて、私も挑戦したことがあるがあっさり振られてしまった。夕暮れの家庭科室でつくったなんて知ったら、今ならドン引きされるだろう。


東日本大震災が起きたとき、被災地の避難所や仮設住宅で編み物が盛んに行われた。私が参加したのは、WWBジャパンと第3世界ショップが実施した「ニットで仕事づくりプロジェクト」だ。

全国から届いたニット製品をつくり手さんが編みほどき、デザイナーと一緒に新しい作品にして販売するという試みだ。支援者が一口三万円を送ると、数か月後に作品が届く。私は受け取ったマフラーを首に巻いた写真を撮り、匿名のつくり手さんに礼状を送った。

この話を災害支援に詳しい知人にしたところ、四川《しせん》大地震のときも家族を失った少数民族の女性たちの自立支援として、伝統的な刺しゅう品を製作して販売する取り組みがあったと教えられた。

手芸をする方には共感していただけるだろうが、製作中は無心になれる。完成すると達成感がみなぎって少し元気になる。買ってくれる人がいればなおさら励みになるだろう。この何気ない営みには、傷つき重荷を背負った人が回復へ向かう重要なヒントがあるのかもしれない。

染織や機織《はた》りを通じて女性たちが互いの絆を揺るぎないものとしていく姿を描いた、梨木香歩さんの小説『からくりからくさ』（新潮文庫）にこんな一節がある。

「私はいつか、人は何かを探すために生きるんだといいましたね。でも、本当はそうじゃなかった。／人はきっと、日常を生き抜くために生まれるのです。／そしてそのことを伝えるために」

今年、ついにミシンを買った。町に出るたびハギレを探す。布選びが楽しい。亡父のワイシャツもブラウスにリメークした。先日、母が暮らす介護施設に行って自作のパンツを自慢すると、ほぅーと感心していた。編み物では負けたけど、裁縫ではたぶん私の勝ちだ。

いつもすべてが新しい

　某日午後二時、東京都内の高齢者介護施設の食堂でレクリエーションが始まった。二十数名のお年寄りに、機能訓練士のNさんが話をする。テーマは、若者の街としてにぎわう渋谷のことだ。

「みなさーん、渋谷駅を通る電車ってたくさんありますね。何線かわかりますか？」

　Nさんの質問を受けて、次々と手が上がる。

「JR！」

「井の頭線だ」

「そうですね。まだまだありますよ」

「半蔵門線」

「地下鉄ですね。日本で一番古い地下鉄もあるでしょ」

「銀座線！」

「はい」

「東横線！」

「そうですね。東急東横線は桜木町駅が終点でしたけど、横浜駅から新しい線とつながったので桜木町駅はなくなりました。今はなんていう駅でしょうか？」

「はーい」

「○○さん、どうぞ」

「桜木町！」

「ええ、前は桜木町が終点でしたね。でも桜木町駅はなくなったんですよ」

「はい！」

「△△さん、どうぞ」

「桜木町！」

「はい、昔は桜木町でしたね。今は桜木町駅はなくなって、元町・中華街駅っていうんですよ」

「……」

Nさんは最新ニュースから昔話まで、お年寄りの得意分野にふれつつ頭の体操になるように話を進める。東京と横浜を結ぶ東急東横線の桜木町駅が廃止されたのは、十五年前の平成十六年。入居者の年齢を考えると正解できそうだが、幼い頃からなじんだ駅名のほうが記憶に深く刻まれているためか、正解がなかなか出なかった。

間違っても答えられるのはまだ元気な人で、私の母のように重度の認知症だと座っているだけだ。それでも部屋に閉じこもっているより明るい場所にいたほうが刺激になるため、よく参加させてもらっている。
認知症といっても一人ひとり様子は異なり、元気な頃の働きぶりが想像できる人も多い。「おなかがすいた、腹ぺこだー」と歌いながら廊下を歩くのが日課のYさんは大学教授だったそうで、編集者が来る約束になっているがまだ連絡はないかと職員に詰め寄り、「確認しますので部屋に戻ってくださいね」といわれているのを何度か目にした。頭から否定せずにいったん要求を受け止め、部屋に移動するうちに忘れてもらう方法がとられているようだ。

認知症の人とのコミュニケーションは介護の大きな課題で、私自身も長らく試行錯誤してきた。若年性アルツハイマー病の当事者で患者支援活動も行っているオーストラリア人、クリスティーン・ブライデンの手記『私は私になっていく　認知症とダンスを』に教えられたことがある。認知症と診断されたとたん「無能者」のレッテルを貼るのは誤りであること。物忘れや認知の歪《ゆが》みは徐々にさまざまな形で現れ、個々で異なること。忘れるというのは毎日が新しくなることで、それは新しい生き方ではないか、というメッセージには目を開かれた。

私が帰り支度をしていると、母はいつも「どこに帰るの」と聞く。母から見れば、私は突然扉の向こうから現れ、扉の向こうへ消える存在だ。私が家で料理したり仕事したりする姿を想像することはできない。自分がどこに帰ってどこから来たかを繰り返し伝え、その瞬間だけでも安心してもらうことは想像以上に大事なのだ。

いつもすべてが新しい。案外幸せかもしれないと思う日もあり、私自身も救われている。

揺るがぬ岩より高野豆腐

留守電のボタンが点滅していた。最近は固定電話にはセールスしかかかってこない。警戒しつつメッセージを聞くと、懐かしいTさんの声がした。認知症を患う母がお世話になった神戸の方だ。

翌日改めて電話があった。ふだん働いている高齢者のデイサービスが新型コロナウイルスの影響で中止になり、ふと母のことが懐かしくなったという。もう七十代半ばになるが、慢性的な人手不足だから体が動くなら続けてほしいといわれて忙しくしていたので、突如、時間が空いて戸惑っている様子だった。

数年前に母を東京に呼び寄せるまで、遠距離介護では多くの方に助けてもらった。もとの性格の尖った部分は残ったまま認知の歪みが生じ、経験の浅いヘルパーではうまく対応できないときがある。存在しないものが見えたり、しない音が聞こえたりとさまざまな支障があった。

とくにテレビが母の中に入りこむと危険度が増した。いつだったか、元プロ野球選手が覚せい剤使用で逮捕されたというニュースが連日報道されていたときは、私が逮捕されたと思い込んで大騒ぎとなった。

Tさんはそんなときに臨時で駆けつけてくれる介護の専門家だった。旅行に付き添ってもらったのがきっかけだが、ありがたいことに仕事とは関係なく時折、見守りに来てくれた。

介護保険を利用すればわかるが、慣れてもらったと思った途端にヘルパーが交代するケースがよくある。本人がまず混乱するし、私もそのたびに対応しなければならない。Tさんのような付かず離れずの存在は大きな支えだった。

今回、そんなTさんから二つの相談を受けた。一つは、うつを患う若い友人に渡せる本がないかということ。私が加藤寛・兵庫県こころのケアセンター長を取材して書いた『心のケア　阪神・淡路大震災から東北へ』を探したが見つからなかったという。この本はすでに絶版で、古書で見つかっても支援者向けなので、当事者にはあまり適切ではない。

私がおすすめしたのは、神戸大学医学部精神科で加藤寛さんの同僚だった安克昌《あんかつまさ》さんの『心の傷を癒すということ』だ。柄本佑《たすく》主演でNHKのドラマになったので、今も書店で購入できる。さまざまな心の傷に向き合った治療者の言葉なら当事者に響くはずと思ったのだ。

私は長らく精神医療、とくに「心のケア」と呼ばれる活動を取材してきた。安さんはすでに故人だったが、師にあたる中井久夫さんからよく名前を聞いた。阪神淡路大震災後、彼らが手探りで学んだことが、現在の心のケア活動につながっている。先日、新型コロナウイルスで話題になった大型クルーズ船に乗り込んだ災害派遣精神医療チームDPATもその果実の一つといえる。

心のケアの基本は、相手を今以上傷つけないことだ。場合によっては何もしない。そこにいるだけで心強い存在となる。できそうでできない、訓練が必要なプロの技だ。

まさしくそんな技をもつTさんが、私に相談をもちかけるとはなんと恐れ多いか。恐縮しつつ二つ目の話をうかがうと、意外にもご自分の嫁姑関係だった。プロだからこその気遣いが、嫁の負担になっているようだ。少し距離を置かれてはと伝えると、やっぱりそうよねえとの返事。ご自身、重々承知なのだ。

どんな人にも家庭に事情はある。プロの顔とは違い、普段着だと思わず踏み越えてしまうこともある。不謹慎かもしれないが、私は少しほっとして微笑ましく思った。

ひかえめだけど芯の強い自分と、出しゃばりだけど脆《もろ》い自分は、一人の人間の中に共存している。仕事や家庭でさまざまな困難に向き合い、へこんだり笑ったりする時間を積み重ねるうちに鍛えられていく。

揺るがぬ岩より、高野豆腐のように必要に応じて姿かたちを変えられるほうが、人は楽に生きられるのではないか。Tさんをはじめ、人を支える人々との出会いを通して、そう感じている。

新しい日常は別世界

緊急事態宣言が解除された。母がお世話になっている介護施設から、玄関先で十分程度の面会ならかまわないとの連絡があり、久しぶりに行ってきた。

遠距離介護のときも隔週で通っていたので、同じ東京にいながら一か月半も会わないのは初めてだ。娘に捨てられたと思っているのではないか、それどころか私を忘れたのではないかと心配だったが、ブランクなんのその、いつもどおりの様子で、認知症のユニークな時間の流れ方に感じ入ってしまった。母は面会した翌日にまた行っても、十数年ぶりの再会のように驚いて喜んでくれる人なのだ。

「とりあえず第一波は乗り越えられたみたいです」と、看護師さん。欧州では新型コロナウイルスで亡くなった人の半数近くが高齢者施設の入居者という国もある。母の施設も外部の人の出入りや食堂の利用を中止するなどさまざまな対策がとられているが、かなり緊張を強いられたようだ。

介護はどうしても相手と密に接する。昨今話題になっているフランス生まれのケアの技法ユマニチュードも、「見る」「触れる」「話す」が大切だ。相手の正面から水平に視線を合わせ、手や肩にそっと触れ、ゆっくりはっきり丁寧に話す。あなたが大切な存在だという思いを伝えるには近づかないと始まらない。私自身もできるだけそのように接してきたつもりだ。

ところが今回、介護施設で思い知ったのは、自分がどれほど「ソーシャルディスタンス」慣れしてしまったかということだ。介護士さんが母の耳元で話すのを見て、そんなに母に近づかないでと思ってしまったのだ。彼らは何も悪くないどころか感謝すべき人たちなのに。

考えてみれば、私たちの行動はあっという間に変わった。電車やバスでは間隔を空けて座る。エレベーターは空になっているのを確認してからボタンを押す。現金はほとんどもたず、支払いは電子マネー。切手シートはシールで貼れるタイプを買う。これまで裏面をなめていたことに、今はぞっとしてしまう。

ニューノーマル、すなわち新しい日常はこれまでとは別世界だ。私たちは昨日と今日がさほど変わらないという連続性が認識できるから正常に生きられると、ある認知科学者に聞いたことがある。だがパンデミックはわずか数か月で私たちの意識のチャンネルを切り替えた。昨日までの暮らしが思い出せないほどだ。

過去にとらわれない日々は想像以上に心もとない。そんな思いに共感してくれる人が世界中にいるとわかっているからなんとか生きられる。では、わかっていないとどうか。

認知症に限らず、この事態をうまく認識できない人を支える現場にはどれほどの負荷がかかっているのだろうか。

精神科病院で働く知り合いの看護師いわく、患者さんには何が起きているのかわからない人が多い。手洗いやマスクも徹底できない。今のところ感染者は出ていないが、明日クラスター化しても不思議ではない。かといって家族に任せることもできない。

「ぼくがそばにいなくて誰がいるの、という思いで患者さんのそばにいるんです」

電話口の彼は、明日も夜勤だといって大きなため息を吐いた。

早くも、北九州市で第二波到来を懸念する報道があった。ニューノーマルな日々は油断ならない。

リモートで、さようなら

この夏、長い介護生活が終わった。母が若年性認知症になったのは五十代前半、遠距離介護を含めると約三十年に及んだ。

いつか終わると思ってはいたが、何もかもが異例で、コロナ下の死をめぐるさまざまな課題に直面した。

亡くなる前日に容態が急変し、かかりつけの病院に搬送された。そこは新型コロナウイルスの患者を受け入れていない東京の小さな病院だったが、入院患者との面会は禁止されていた。危篤の知らせを受けて駆けつけたものの付き添いは認められず、昼までに帰るよう強く促された。母は午前中に亡くなったためぎりぎり看取ることはできたが、もう少しがんばっていたら引き離され、後悔が残る別れとなっただろう。

ちょうど同じ時期に知人の編集者も地方に住む父親をがんで亡くした。彼の場合も病院に駆けつけたら、スマホの画面越しでしか面会を許されなかったという。コロナでなくても死に目に会えない。私たちのケースは氷山の一角だろう。

インフォームド・コンセントといって、医師の説明を受けて同意書にサインする手続きにもこれまで以上の緊張感を覚えた。自分の目が届かない間に過剰な医療が行われないとも限らない。人工呼吸器や胃ろう、心臓マッサージなどの延命措置は行わないよう事前に伝えてはいたが、面会できず途中経過を十分把握できないまま承諾のサインをするのはむずかしかった。

最後は手術するか否かの選択を迫られ、元気な頃の母の意志を尊重して手術しない決断を下したが、長い介護経験から心の準備をしていたためできたことだ。そうでなければ家族は葛藤し、どちらを選択しても自分を責めることになるのではないか。

葬儀も想定外だった。密閉・密集・密接の「三密」を避けるため、著名人も大きな葬儀やお別れ会が開けないといわれる中、葬儀社によれば、通夜や葬儀・告別式を行わずに火葬場でお別れをするだけの「直葬」が急増しているという。

わが家はささやかな家族葬を行ったので直葬ではないが、地方に住む喪主の弟が当初、遺骨はゆうパックで送ってくれと頼んできたのには仰天した。上京して感染したらシャレにならないというのだ。町で初めて感染者が出たとき、まるで犯人捜しのようなことが行われたため神経質になっているようだった。

喪主不在の葬儀は考えられない。結局、近隣に気づかれぬよう上京したが、外食はせず、飛行機以外の公共交通機関を利用しないで遺骨をそっともち帰った。感染に注意しながらも東京で普通に暮らす私には過剰反応に思え、もし誰かに非難されたら遺骨をもって抗議に乗り込んでやると息巻いたが、「わかってないのは東京の人だけや」といわれて返す言葉はなかった。喪主の務めを果たすのも命がけなのである。

ただ一つ、幸いなことがあった。上京できない孫たちのために葬儀をリモート中継したところこれが好評で、みんな画面にくぎ付けだった。味気ないのは承知の上、それでも遺族が抱えることになる心残りを技術が少し軽くしてくれたことは確かだ。

コロナは私たちの死にまつわる常識を激しく揺さぶっている。いざとなったらどうするか。家族でよく話し合い、文書にしておくことをおすすめする。

ごくろうさま

つとめて使わない言葉がある。「ごくろうさま」だ。ごくろうさまです、とか、ごくろうさまでございます、と敬語風を装ってもダメ。誰かの口から、ごくろ……と出た途端、オイオイ、何様やねん、と小鼻をふくらませている。

宅配便さんや新聞屋さんに「ごくろうさま」と声をかける人も好きではない。明らかに宅配便さんのほうが年配なのに、二十歳そこそこの若造が荷物を受け取りながら「ごくろうさま」といっているのを見ると、てめえ、幼稚園からやり直せ、とぶん殴りたくなる。

目上の人に使うと失礼にあたるからではない。もちろんそれもあるが、私は目下の人にだって使わない。そもそも相手の骨折りに感謝するときに、上下関係など介在させたくないのだ。

「ありがとうございます」でよいではないか。足りなければ、「暑い中、どうも」をつけるとか。困ったときの、どうも頼みだ。

なぜ、ごくろうさまは禁句か。理由はうすうすわかっている。高校に入るまで、父親が新聞配達をしていたからだ。今のように口座振替はないので、一軒一軒集金に回らねばならない。怒鳴られ、居留守を使われ、ひどいときは集金袋を持ち逃げした同僚の肩代わりまでさせられていた。

そんな苦労をさんざん聞かされてきたため、誰かが配達や集金に来ると、今日一日、どうか不愉快な思いをされませんようにと、言葉遣いにやけに慎重になってしまうのである。

と、書いた端から告白するが、それでも生涯一人だけこの禁句を献上したい方がいる。高倉健さん。「おつとめごくろうさまです」って、変なもの刷り込まれてるな、私。

第 三 章

相対音感

相対音感　共に生きていくために

幼いきょうだいの前に大きさの違うケーキがある。五歳の兄は大きいほうを選んで食べるが、三歳の妹は大きさなど気にせず喜んで食べる。お兄ちゃんだけ大きいのはずるい、と妹が文句を言えるようになるのは、もう少し先だ——絶対音感が身につきやすい年齢について訊ねたとき、ある音楽教育者がそんな話をした。

絶対音感とは、いきなり発せられた音の高さを基準音がなくても言い当てられる聴覚能力を意味する。絶対音感をもっていれば、先生が脈絡なく弾いた和音がどんな音で構成されているかすぐに答えられる。自分で音をつくらなければならない弦楽器を弾くときや、伴奏をつけずにうたうときなどにも役に立つ。メロディがつかみにくい無調の楽曲も絶対音感があれば採譜しやすいだろう。そうした便利さもあって、音楽を志す人の多くは喉から手が出るほど欲しいという。

ただ身につけられる年齢には限界がある。そのため日本では戦前より絶対音感をつけるためのさまざまな訓練法が開発され、子どもたちに施されてきた。冒頭のたとえ話をしたのは独自の絶対音感教育で知られるピアノ教師で、ケーキの比較が可能になる時期と絶対音感をつける時期はまったく同じではないが、ものを比較する能力が活発になると絶対音感を獲得する邪魔になるという意味だった。

その代わり、成長と共に身につくのが相対音感である。シンプルに説明すれば、直前に聴いた音に対して次の音が高いか低いかがわかること。音楽の才能には関係なく、どんな人でももっている能力だ。歌をうたったり、楽器を弾いたり、演奏を聴いたりするとき、誰もが無意識のうちに使う。高度な練習を積み重ねることで相対音感は研ぎ澄まされ、豊かな音楽を奏でることができるようになる。

演奏家が互いの音を聴き合う必要があるオーケストラやジャズセッションなどでは、相対音感が非常に重要だ。これが私の音、と主張するばかりでは収拾がつかない。鋭敏な絶対音感をもっていても、相対音感のレッスンを怠ればたんに自己主張が強いだけの人である。プロにはまず、なれないだろう。

絶対音感はかつて、モーツァルトなど天才音楽家だけがもつ特殊な能力といわれてきた。戦時中、戦闘機の飛行角度を知るために大きなラッパのような聴音器に耳を突っ込んで音を聴く、人間ソナーの任務に就いた人がいた。

その一人、ピアニストの園田高弘にインタビューしたことがある。園田の父、園田清秀は絶対音感教育の創始者だ。パリに留学中、現地の子どもたちの音感のすばらしさに驚いた清秀は、その鍵が絶対音感にあると思い込み、帰国後に試行錯誤を重ねて「絶対音早教育」（一九三五）を編み出した。その被験者第一号が園田高弘だった。

絶対音感教育は音楽の専門学校や子どもの音楽教室で採用されるようになった。園田が海外のピアノコンクールで審査員を務めたとき、日本人の演奏は機械みたいで心がないと批判されたことがあった。早期教育による脳の刻印は想像以上に深かった。園田は日本の音楽教育が絶対音感を身につけさせることに終始し、相対音感をはじめとする総合的なレッスンがなおざりになっていることに苦言を呈していたが、それは園田自身の苦い経験に基づくものだったのだろう。

私ごとで恐縮だが、わが家には昔からギターがあった。小学三年生のとき、御多分に漏れず歌謡番組が好きだった私は芸能誌のソングブックを手に入れてコードを覚えた。初めて弾き語りしたのは、アグネス・チャンの「草原の輝き」。高校時代にはバンドでエレキギターを弾いた。下手だったが、みんなで演奏することが楽しくてならなかった。

ところがある日、キーボード奏者がバンドを辞めたいといい始めた。軽い鍵盤ばかり弾いているとピアノの演奏に支障が出る、音感も鈍る、と親にきつく叱られたのだ。彼女は小さい頃からピアノを習っていた。今思えば、絶対音感もあったのだろう。プロになるわけでもないのに、友だちと遊ぶことまで制限されるなんて気の毒に思えた。音楽は音を楽しむと書くのに、人間関係に悪影響を与える教育って何なのかと疑問をもった。

人は成長と共に相対的になっていく。そうでなければ社会では生きていけない。自分を貫くことも、人に合わせることも、どちらも大事だが、一方に偏ると途端に不自由になる。「絶対音感」という項目は「広辞苑」第一版（一九五五年）から掲載されているのに、「相対音感」が登場したのは、その六十三年後だ。なんというアンバランス。遅きに失したといえる。

季節ものが消える

子午線の町で知られる兵庫県明石市の市立天文科学館を訪れた。拙著『なんといふ空』に収録されたエッセイを原案とする映画「ココニイルコト」（二〇〇一）を、ロケ地となったプラネタリウムで上映するイベントに呼んでいただいたのだ。当時ロケを担当したのが現館長の井上毅《たけし》さんで、映画上映は長年の夢だったという。椅子の背を倒して見上げるように映画鑑賞するというぜいたくな時間を過ごしたあと、明石駅近くの居酒屋で打ち上げをした。

そこでふと、気になる話を聞いた。明石といえばタコや鯛、海苔などの海産物で知られるが、年々漁獲量が減っているという。すぐ別の話題に移ったので深く考えなかったのだが、半月後に神戸の知人からのメールで事態の深刻さに気づいた。

三月に入ると醤油とザラメの香ばしい匂いが町全体に漂うのだけれど、今年は様子が違う。キロ三〇〇〇円を超えてからイカナゴが高級魚になってしまった。今年はお休みするかもしれない、ごめんなさいと。春の訪れとともに自家製のくぎ煮を送っていただいていたのだが、今年はむずかしいというのだ。

イカナゴは瀬戸内海東部の沿岸部で獲れる魚で、幼魚を醤油と砂糖とショウガで甘辛く炊いたくぎ煮は淡路島や明石、神戸の名産だ。たくさん獲れて安いので、子どもの頃は母がよく家でつくっていた。山椒を入れるとピリッと舌がしびれ、アツアツのご飯にのせて食べると絶品だ。

それが今年は食べられないなんて。明石で聞いた話は本当だったのだ。漁獲量は一昨年に過去最悪となり、専門店も悲鳴を上げているそうだ。

兵庫県漁業協同組合連合会がまとめた小冊子「瀬戸内海を豊かな海に！　痩せた海、瀬戸内海への警告」によると、原因は海がきれいになり過ぎたためだという。透き通った海にはプランクトンが少ない。イカナゴにとってはエサとなる動物プランクトンが減っているということ。動物プランクトンが減っているのは、動物プランクトンが食べる植物プランクトンが減っているため。もとをたどれば、生き物の基盤となる窒素やリンなどの栄養塩が減っているためらしい。

皮肉なことに、下水処理場の処理能力が向上し、有害物質だけでなく栄養塩まで取り除かれていることが背景にある。そういえば、私が子どもの頃は植物プランクトンが増えすぎて赤潮が発生したという報道がよくあった。最近あまり聞かないのは、処理能力が高度化したためだったのだ。それだけではない。ダムや川に堰《せき》をたくさん造ったため砂が海まで流れてこなくなり、イカナゴが夏を過ごす海底の砂場ができなくなっていた。

目下、栄養塩を増やす処理方法を工夫したり、砂を船で運んで海に魚が棲みやすい環境をつくったり、森づくりや海底の掘り起こしで栄養塩を増やしたりする試みも始まっているが、一度失った環境を取り戻すのは大変だ。自然を相手にする限り覚悟しておかなければならないが、季節ものが食卓から消えてさみしさがこみ上げてきた。

そんな話を行きつけの居酒屋ですると、長野出身の店主がいった。

「長野もここ数年、台風の影響で野沢菜が不作なんですよ」

北海道の秋鮭も不漁が続いているし、全国の食卓で異変が起きている。あなたの町はどうだろうか。

ゲリラサイン会

平成はじめ、神戸の実家近くにあった二つの駅前書店のうちの一つがなくなった。学校帰りのひととき、さんざん立ち読みさせてもらった店だ。小遣いは少なかったので上客とはいえないが、文庫本や少女マンガをよく買う小さな常連客だった。

もう一つの書店は阪神淡路大震災のあとも営業していたが、新刊がなかなか入らなくなって棚がやせ細り、今世紀に入ってまもなく閉店した。二つの書店があった場所には今、コンビニと学習塾がある。

亡父は拙著が出るたび書店で買ってくれていた。がんを患ってからも不自由な体で電車に乗って繁華街の大型店まで出かけた。声帯を切除していたので、筆談用の小さなホワイトボードで書店員さんと会話していたらしい。

ある日、「本が売れないというけど、本のほうがだんだん遠ざかっていくよ」とメールを送ってきたことがあった。せつなかった。父が通ったその大型店も昨年縮小され、人通りの多い地上階の売り場が消えた。

先日、久しぶりに新刊を出したので書店回りをした。版元は取次業者を介さず書店と直取引をしている若い出版社だ。任せきりではいけないと思い、東京と関西、小倉と長崎を歩いた。長崎は共著者の地元だ。

各地で書店の変化を感じた。大型店がない町では個人の店ががんばっていた。本だけでは経営が成り立たないため、雑貨を販売したりカフェを併設したりして、イベントも行っていた。まず人が集まる場をつくり、地域を活性化したいというエネルギーを感じた。書店は店主の趣味が前に出すぎると近寄りがたく感じるが、年に数冊読むかどうかという初心者にはある程度、選書して提案してみることも必要なのだと知った。

トークイベントを行った長崎駅前の書店は昭和四十年、映画館内の数坪のスペースで待ち合わせ客のために本を売り始めたのが最初だという。何かのついでに手にとった本がきっかけで人生が変わるかもしれない。本とは本来、そういうものだったはずだ。ネット書店の便利さにおぼれ、いつしか読みたい本しか読まなくなった。これでは世界が広がるはずがない。広がらなければ楽しいはずがない。

トークイベントのあと、カフェを併設する別の大型店でゲリラ販売を決行した。サイン本をつくるだけの予定だったが、フロアがにぎわっていたので、せめて本の存在を知っていただこうと思ったのだ。店長には、買ってくださった方にはお名前を入れてサインをしますと店内アナウンスをしてもらった。

「誰も来なかったらさみしいです」と平成元年生まれの営業クンは心配したが、「大丈夫、さみしいのは慣れてます」と答えて待機すると彼はやおら本を片手に立ち上がり、「ただいま著者が当店に来ております！」と声を張り上げ店内を周回し始めた。

数分後、赤ちゃん連れの女性が現れた。続いて中年の男性がやってきた。なんと大学病院の医師だった共著者の教え子だった。やってみるものだ。このゲリラ販売で計六冊のお買い上げ。たった六冊、されど六冊。本が離れていったというなら、本から近づいていくだけだ。

終了後は居酒屋で乾杯。働いたあとの酒のなんと美味であることよ。令和の世もあなたに本を届けられますように。

バイオミミクリー

数年前、東京工業大学で非常勤講師を務めた。毎回一人の研究者を選び、その人がどのように自分の道を選んだか、生い立ちをさかのぼって解説する。本人を招き、インタビューする回もあった。一、二年生が対象だったため、専門に進むとなかなか接することができない多様なロールモデルを提供することを目的とした。金曜の一限という厳しい時間帯だったが、みな熱心に受講してくれたと思う。

成績は出席とリポートで評価した。たとえば「生命を三つの言葉で定義して説明せよ」といった課題では「遺伝子、水、ウイルス」といった理系らしい回答もあれば、「美、流れ、時間」というユニークな角度のリポートもあった。正解ではなく、発想の柔軟さと説得力を問う。「自分ならドローンをこう使う」という課題ではさすが東工大生だけあって、今すぐにも開発してもらいたいアイデアがあり、特許申請を勧めた。

近年、日本の研究力の低下がよく報じられるが、頭が柔軟なうちにやりたいことができる環境を整えられるかどうか、失敗してもまた違う道を選べるかどうかが大切ではないか。さもなくば、博士課程に進む人はますます減ってしまうだろう。

ところで、講義後に反響が大きかったのは、「バイオミミクリー」とその提唱者であるサイエンスライターのジャニン・ベニュスさんを紹介した回だった。

バイオミミクリーとは生物に学び、自然からインスピレーションを得た技術革新を意味する言葉である。具体例を挙げると、くっつくとなかなか離れないオナモミの実をまねた面ファスナーや、水の抵抗を軽減するサメの肌にヒントを得た競泳用水着、空気抵抗を抑えるため、湖面に飛び込むカワセミから発想した新幹線の先頭車両などがある。

古くは、トンボやハチが空中で停止する様子からヘリコプターの原理を考案したレオナルド・ダビンチまでさかのぼる伝統的な分野だが、ベニュスさんが一九九七年に出版した『バイオミミクリー』で紹介したのがきっかけとなり、世界的な共通語となった。

彼女を取材した際、日本企業や日本の研究者に学ぶことが多いと教えられて調べてみると、あるわあるわ。ハスの葉の撥水《はっすい》性にヒントを得た壁材や、ヤモリの足の構造をまねた接着テープ、最近では新潟県の金属加工会社がステンレスに塗料を使わないでさまざまな色を表現させる技術を開発した。見る角度によって色が変化する、タマムシの多層膜構造に学んだものだ。

先日も関西大学のチームがセミの羽を模したシリコン基板を開発し、物理的な構造によって大腸菌が死滅することを証明したと報じられた。セミが薬剤を用いずに構造で菌と闘っていたとは驚きである。

自然はまさに知恵の宝庫。工学や生物学に限らず多様な分野を横断する必要があることから、ベニュスさんは「Ask Nature」というデータベースも開発した。「撥水」「抗菌」「耐熱」などのキーワードで検索すれば、その技術をもつ生物の情報や科学論文が表示され、異分野の研究者とつながることができる。日本でも「バイオミメティクス」（生物模倣技術）のデータベースが構築され、世界的な標準化も進んでいる。

バイオミミクリーの究極の姿は、光合成に近いエネルギー創出のテクノロジーを生み出すことだとベニュスさんは語っていた。姿や形を似せるだけではなく、環境全体を自然の営みに近づける。大災害や原発事故を経験した私たちには切実すぎる課題だ。

人工知能とITの発展によって問題解決を目指すスマート社会化が進む「第四次産業革命」の時代、バイオミミクリーへの期待は高まっている。米国のシンクタンクによれば、その市場規模は二〇三〇年までに世界全体で一・六兆ドルになるという。自然をねじ曲げるのではなく、自然を師とするバイオミミクリーに若い人々が関心を寄せていることは未来の希望だ。

宇宙探査を支える人たち

宇宙航空研究開発機構ＪＡＸＡの「はやぶさ２」が、小惑星リュウグウへの二度目のタッチダウンに成功した。リュウグウには水と有機物が含まれている可能性があり、採取したサンプルを持ち帰ることができれば、太陽系と生命誕生の謎の解明に向けて大きな一助となるはずだ。

タッチダウンを見守る中継を見ていると、成功に沸く管制室で一人、表情を変えずにパソコンに向き合い誰かと交信している人がいた。矢野創《はじめ》さんだ。矢野さんには拙著『ビヨンド・エジソン』で取材させていただいたことがある。初代「はやぶさ」のサンプラーホーンといって、サンプルを採取する装置を開発した研究者の一人で、現在のチームをサポートされている。初代はエンジンもサンプル採取もトラブル続きで、手元に戻ってくるまでは気が抜けないとおっしゃっていたが、今回も同じ気持ちなのだろう。

ＪＡＸＡでは目下、太陽系のあちこちの小惑星から十年ごとにサンプルを持ち帰るプロジェクトが進んでいる。宇宙探査は現役の研究者でいるうちに二度携われるかどうかといわれるが、十年間隔なら経験を次世代に伝えやすい。今回の成功が報じられたすぐあと、宇宙飛行士の毛利衛《まもる》さんとお会いする機会があったのでうかがってみると、経験者が新チームをサポートするのは、「0から1にするのと、1から2にするのではまったく違う。同じ失敗を二度としないようにする」ためだそうだ。巨額の予算と人命を賭ける有人飛行はなおさらだろう。

毛利さんはデイミアン・チャゼル監督の映画「ファースト・マン」（二〇一八）の日本語訳を監修された。初めて月面着陸に成功した宇宙飛行士ニール・アームストロングを描いた実話に基づく内容で、飛行士を支える家族や仲間の関係、ミッションに向けた厳しい試練と犠牲が丁寧に描かれる。彼らはまるで、米ソ宇宙開発競争の特攻隊員のようだった。

飛行士の妻同士、特に夫が犠牲になった家族が次に旅立つ飛行士の家族を支える姿が印象的だったと毛利さんに感想を伝えると、「生か死かの世界。命がけですから、みんなでサポートするのです」「家族を支えるのはファミリー・サポートといって、そのメンバーに選ばれるのはとても名誉なことなんですよ」と教えてくださった。

ある女性を思い出した。一九八六年のチャレンジャー号爆発事故で亡くなった、日系三世のエリソン・オニヅカ飛行士の妻ローナさんだ。ローナさんはNASDA（旧・宇宙開発事業団）ヒューストン駐在所に勤務して日米の架け橋となり、多くの飛行士と家族を支えてきた。矢野さんが、オニヅカ氏の伝記『風は偉大なる者を燃え立たせる』（デニス・M・小川、グレン・グラント著、木村譲二訳、PMC出版）に感銘を受けて宇宙研究を目指したとローナさんに伝えると、喜んで本にサインをくれたという。「夫の遺した言葉がこれからもあなたをずっと励まし続けることを願っている」と。

矢野さんが今も付箋を貼るその言葉とは、オニヅカ氏が故郷ハワイに帰省した折に子どもたちに贈ったもので、宇宙探査にとどまらない普遍的なメッセージだ。一部引用する。

「すべての世代には、前世代よりも高い見地から、新しい世界を見るよう心を開く義務があります」

「はやぶさ2」は年内にリュウグウを発ち、二〇二〇年末には地球に帰還する予定だ。道中の無事を祈る。

風呂敷に魅せられて

風呂敷に凝《こ》っている。数年前、スイカを運ぼうとして鞄に困ったのがきっかけだ。適当なサイズがないためネットショップで探したところ、予想以上におしゃれなデザインがあって驚いた。昔なじみの和柄や人気デザイナーとのコラボ商品、正倉院裂《ぎれ》といって、正倉院に納められた絹織物のオリエンタルな文様を西陣織の技術で再現した風呂敷もある。近所の専門店でさんざん目移りした揚げ句、まずはモダンな一枚を購入した。

楽しい。両手で抱えてびくともしない重いスイカも、いったい誰が発明したのか「すいか結び」なる結び方で楽々もち運べた。結び目を工夫すればトートバッグやリュックにもなる。ターバンのように頭に巻き、スマホをポケットに入れて手ぶらでスーパーへ。レジで頭の風呂敷をするりとほどき、勘定を終えた商品を置いてもらって両端をきゅっと結んで持ち帰る。そうです、私は変なおばさんです。

わが家はずいぶん前からマイバッグ飽和状態にあった。環境保護のためレジ袋をできるだけ使わないようにしようという名目で始まったマイバッグ運動がきっかけだと思うが、開店記念やスポーツ大会の粗品として配られることが増えた。

ありがたいものの、色やデザインが好みではなく使いづらいものもある。店名やコピー入りだと歩く広告塔だ。保護といいながら捨ててしまったら本末転倒で、自分の考え方を根底から変える必要があると思っていた矢先、大きなスイカが風呂敷への突破口を開いてくれたわけだ。

風呂敷の万能性を認識したのは、取材先で資料を借りたときだ。私家版の手記や企業の年史など市場に出回らない貴重なものがある。袋状だと入らなければ使えないが、風呂敷なら大抵のサイズを持ち運ぶことができる。五〇センチ四方の小さいサイズはブックカバーにもなる。

折しもレジ袋有料化で風呂敷を見直す声が高まっているらしく、我が意を得たりの気分だ。マイバッグだと洗うのを忘れてしまうどころか、洗うという発想自体ない人も多いが、風呂敷だと気軽に洗えるのがいい。

冒頭に紹介した正倉院裂だが、正倉院裂や法隆寺裂などの古代裂を研究し、復元模造してきた老舗の織物メーカーが一般に販売しているのがうれしい。

宮内庁三の丸尚蔵館で開かれた展覧会「皇后陛下喜寿記念特別展　紅葉山御養蚕所と正倉院裂復元のその後」の図録によると、正倉院裂の復元には小石丸という良質の糸を出す蚕《かいこ》が欠かせなかったが、日中交雑種などの新種に押されて一般では生産されていなかったところ、皇室御養蚕所だけが飼育を続けており、上皇后さまが皇后時代に育てた小石丸繭《まゆ》から製糸した生糸が用いられたという。復元の過程では織り間違いも発見され、染めや織り一つひとつに古代の職人たちの息遣いが感じられるようで興味深い。

　実物は写真でしか見られないが、そんな古代裂のデザインも普段使いの風呂敷に取り入れてしまうのだから、厳重に保存するだけが伝統を守る方法ではないと気づかされる。

　手づくりマスクといい、風呂敷の再評価といい、コロナ禍は思わぬ副産物を生んでいる。どれもどこか懐かしくあたたかい。みんなそれぞれの場所で、立ち止まっている。

半世紀の恩恵

一九五一年、米国の黒人女性が五人の子どもを残して子宮頸《けい》がんで亡くなった。ヘンリエッタ・ラックス、三十一歳の若さだった。

彼女は死後、医学界で最も有名な女性となった。いや正確にいえば、有名になったのは彼女のがん細胞だ。世界で初めて培養に成功したヒト由来の細胞「ヒーラ細胞」で、ポリオワクチンの開発からがん研究、ヒトゲノム計画まで多くの研究に使われてきた。

細胞は本人はもちろん遺族にも無断で採取され、これまで数十億個単位で売買されてきたが、使用料など一切支払われてこなかったどころか、遺族は健康保険すら払えない貧しい生活を続けてきたという。のちに出版されたレベッカ・スクルート著『不死細胞ヒーラ　ヘンリエッタ・ラックスの永遠なる人生』は、そんな彼女とその子どもたちを巡る物語だ。なぜこんな話をするかというと、新型コロナウイルスの感染から驚異的なスピードで回復したトランプ大統領の治療に、中絶胎児由来の細胞株を使って開発された薬が投与されたという報道に接したためだ。

第一報は二〇二〇年十月八日付の英紙ガーディアン。支持基盤であるキリスト教福音派はじめ保守陣営は中絶の合法化を認めず、受精卵や中絶された胎児を使用する研究には連邦政府の資金提供を禁止してきた。報道はこの矛盾を突いたわけだ。

これに対し、薬を開発したリジェネロン社は、すでに試験管で無限に培養できる不死化された細胞であり、胎児組織とはみなしていないとコメントしている。なるほど、ヒーラ細胞のような話だ。薬の開発に使われたのは、七〇年代にオランダで合法的に中絶された胎児の腎臓に由来する細胞からつくられた「ＨＥＫ－２９３Ｔ細胞」といい、大量にタンパク質を生産できることから世界中の製薬会社で使われている。

このたびのコロナワクチンの開発現場も例外ではない。もはや医薬市場を流通する商品であり、それが何に由来する細胞かなど、今回の報道がなければ関心をもたれることもなかっただろう。大統領の治療のために新たな中絶胎児が使われたわけではなく、誤解を招く報道だという批判が日本の研究者からも上がっている。

医学は献体や臓器提供など、無名の人々の善意の上に進歩してきたことを考えると、確かにこれをもってトランプ氏を攻撃するのは少々無理があるように思える。しかし、受胎の瞬間に魂が宿ると考える人々にとっては、半世紀前だろうが昨日だろうが中絶は中絶であり、そのレベルの研究への公的資金の提供を禁止してきたのが共和党政権の立場なのである。米国には、中絶に反対する社員がいるため、受精卵や胎児由来の細胞を使わない製薬会社もあるほどなのだ。

過剰な規制によって薬を使えば助かる命も助からないとなれば、いったいどちらが生命を尊重していることになるのかという疑問が生じ、生命倫理の分野では盛んに議論が行われてきた。米国がさらにややこしいのは、銃や同性婚と同様に、中絶合法化を目指す「プロチョイス」と禁止する「プロライフ」が国を二分する政治案件であることだ。プロチョイスだったのに大統領選に立候補した途端に立場を逆転させたトランプ氏と、カトリックでありながらプロチョイスのバイデン氏が戦ったため、苦渋の選択を余儀なくされたカトリック信徒もいたと聞いている。

米国民以外には理解しにくい問題であるが、少なくともこれを機会に必要だと思うのは、「HEK－293T細胞」にもヒーラ細胞のヘンリエッタに相当する女性とその夫、胎内で育まれていた命があったと知ること、そして、すでに半世紀あまり、私たちがその恩恵にあずかってきた事実に感謝することだろう。

ヘンリエッタの遺族はその後、ヒーラ細胞が非倫理的に採取されたと知りながら利益を得た複数の製薬会社を提訴し、一部と和解した。この裁判の意味するところは大きい。生物の組織や細胞を研究に利用する場合、たとえ採取に関与しなくとも、企業や研究機関にはその起源を調査し、監視する責任（due intelligence）があるという流れになっていくだろう。ネイチャー誌などによると、遺族は祖母の細胞によって成し遂げられた成果に誇りをもち、研究を止めるつもりはないと語っているようだ。そんな気高い人々の精神に支えられて、私たちは今日を生きている。

あえて、見ない、知らない、やらない

ゴッホや三島由紀夫、マリリン・モンローなど、歴史上の人物に自ら扮《ふん》するポートレート作品で知られる美術家の森村泰昌《やすまさ》さんは、宮崎駿《はやお》監督のアニメを見たことがないという。ある新聞のコラムにそう書いておられたのを読んで驚いた。

「風の谷のナウシカ」も「となりのトトロ」もおもしろいにちがいない。だが、「見ることで育つ感覚があるなら、見ないことで育つ感覚もあっていいだろう。別言するなら、何を見て何を見ないかの選択が、何を生み出せるかということに決定的な作用を及ぼす」（「日経新聞」二〇二〇年十月三十日夕刊）とあった。

森村泰昌さんは直接存じ上げないが、作品の中で森村さんがつけているカツラやネックレスなどの装飾品を製作しているのがたまたま私の行きつけの美容院なので、たまに創作の裏話を聞くことがある。今回のコラムについて聞いてみたら、確かに芸術家ってあえて踏み込まない世界をもってるみたいだね、という話になった。美容界でも、世間の流行をまったく知らないまま独自のヘアスタイルを編み出している世界トップクラスの美容師がいるそうだ。

長らく拙著の装幀をお願いしている「クラフト・エヴィング商會」の吉田篤弘さんと

浩美さんもそんな夫婦だ。お二人は生まれてこのかた海外旅行をしたことがない。初めて聞いたとき、今どきそんな人がいるのかとびっくりしたが、どこかにあるようでどこにもない幻想的な風景を創造する背景にはそんな事実が影響しているのかもしれないと勝手に想像した。外国に行ったことがないなんて今や希少価値。これからも行かないでくださいねと頼んだが、今考えると、あえて行かない選択をされていたと思われ、失礼なことをいってしまったと反省している。

昨今、情報に疎《うと》い人を「情弱」と呼んで蔑《さげす》む傾向があるが、クリック一つでどんな情報も容易に入手できる時代になったからこそ、知らないでいることのほうがむずかしく、よほど自分を強くもたねば情報の渦に飲み込まれてしまう。芸術家でなくても、周囲と同調せず、スイッチを入れない世界をもつことは必要ではないだろうか。

森村さんのコラムを読んで、では自分にはあえて踏み込まない世界があるだろうかと考えてみた。なかなか思いつかない。数日考えてようやく一つ思い出した。家庭用ゲーム機だ。スーパーマリオもポケモンも、ファイナルファンタジーも、名前ぐらいは知っているがどんなゲームかは知らない。やったら絶対におもしろいとわかってはいるが、あえてやらないできた。

知らないことは苦痛ではない。ただゲームのことが世間で話題になるたび、ああ、自分には決定的に欠けている感覚や理解していない世界があるんだなあと自覚する。欠落は欠落のまま、欠落していることさえ忘れてふだんは生きているのだが。

そんな自分がゲームの世界を取材したらどんな本を書くのだろう。想像するだけで楽しい。たぶん関係者に突拍子もない質問を連発して迷惑がられるだろう。一通りヒット作はトライしてみるにちがいない。取材をきっかけに、のめりこんでしまうかも。あれれ、なんだかワクワクしてきたぞ。老後の楽しみになりそうだ。まだまだ生きねば。

支援はいつもむずかしい

東日本大震災の被災地に初めて入ったのは、発災の一か月後。兵庫県の精神科医や保健師らで構成される心のケアチームに同行取材した。阪神淡路大震災で支援を受ける側だった彼らが、当時の経験をもとにどんな活動をするのか、記録する必要があると考えたためだ。

初めの頃は患者の移送や薬の手配、急性反応が出た人のケアが中心だった。数か月から数年後は仮設住宅へのアウトリーチが多くなった。アウトリーチとは現場に足を運んで困りごとに耳を傾け、解決の道を探ること。ある医師は、汚れたテーブルを拭くだけでもいいと語っていた。

時間の経過と共に支援は現地の支援者にバトンタッチされ、外部支援者は現地支援者の後方支援へと活動を移していく。心のケアの活動は全都道府県に広がり、その後、災害派遣精神医療チームＤＰＡＴというネットワークに組織化された。新型コロナウイルスが発生した中国武漢からの邦人退避チャーター便やダイヤモンド・プリンセス号に派遣され、感染リスクがある中で乗員や乗客のケアにあたっている。

私の取材対象も徐々に変化し、近年はキリスト教会の状況を見てきた。東北は、明治時代に函館のロシア領事館附属礼拝堂の主任司祭だったニコライと伝教者（伝道師）が南下しながら宣教を行ったという歴史的背景もあって正教会が多い。カトリックを西方教会と呼ぶのに対し、東方教会と呼ばれる流れだ。

被災した教会が多く、私が訪れた岩手県下閉伊郡山田町の山田教会では犠牲者が出て、会堂も当日の火災で全焼してしまった。国内外からの寄付で二〇一八年に再建されたが、メトリカ（信徒戸籍）が焼失したため、みなさんの記憶をたどって話をうかがった。

印象に残ったのは明治三陸地震津波の話だ。ニコライは親を失った子どもたちを保護して孤児院をつくったという。『ニコライの日記』によれば、当時ニコライは東京にいて、現地を視察した「正教新報」の記者から報告を受け、涙を流したとある。孤児院を創設したのは伝教師の学校で学んだ信徒で、ニコライも援助を惜しまなかったようだ。

ところが日記を読み進めると、次第に不穏な記述になっていく。その信徒が借金を残し、養育を放棄したのである。しかも兵役を逃れるため偽名を使い、孤児院に身内を住まわせ、芸者遊びをしていたことも発覚する。ニコライは「あの男は根っからのろくでなしだったのだ」と激しい怒りを書きつけていた。

代わって養育を任されたのは、水戸藩士の娘で北川波津という信徒だった。北川は親から譲り受けた遺産をすべて運営にあて、機関誌を発行して支援を募った。ニコライも神学校に進む孤児を引き続き養育した。孤児院は今も東京で存続している。

善意だけでは支援は続かない。過去の震災では、支援団体の内輪もめや寄付金のもち逃げなどさまざまな問題を耳にした。ニコライは日本正教会を創建した聖人として敬われるが、一世紀以上前に同じようなトラブルを抱え、怒り、悩んだ、とても感受性豊かな人物だと知って親近感がわいた。まるで昨日会ってきたように信徒が語るのも、そんな人柄あってのことだったのだろう。

あの日からまもなく十年。自分に何ができるのか、手探りの日々は今も続いている。

第四章

さみしい一人旅

さみしい一人旅

　仕事柄よく一人で旅をするが、旅それ自体を目的とした一人旅はもう何年もしていない。理由ははっきりしていて、心細いからである。とくに海外では、知り合いがいるといないとでは行動範囲が大きく異なる。取材が終わって帰国するまでの時間、ガイドブック片手に近隣の美術館巡りなんていう、東京ではまずやらないことをやってしまうのも、さみしいからだ。

　『戦艦武蔵』などの戦記小説で知られる吉村昭さんは、取材で旅をしても用事が終わったらすぐ帰りたくなると随筆で書いていた。妻の津村節子さんが『明日への一歩』で紹介しているが、心臓移植の取材で南アフリカのケープタウンに行ったとき、毎晩津村さんに手紙を書いていたそうだ。取材の話は一切出てこない。帰ったら銀座で服を買おう、ロンドンで土産を買うが何が欲しいか、などと書いてある。同行した新聞記者がロンドンで帰国してしまってからは一人旅になり、ニューヨークの夜の町で怖い目に遭ったときは、便せん三分の一を使って「帰りたい　帰りたい　帰りたい　帰りたい」とあったという。

　ああ、わかりますわかります、吉村さん。ところが、津村さんは一刀両断。「淋しいだろうから、ショッピングでもして気をまぎらしなさい、などと書いているが、淋しいのは自分なのだ」。つ、つむらさん、それを言っちゃあ、かわいそうですよ〜。

昨秋、東日本大震災で建物に大きな被害があった福島県中通りの須賀川市を訪ねた。西に那須連山、東に阿武隈山地を臨み、阿武隈川と釈迦堂川を抱く美しい須賀川は、江戸時代には奥州街道の宿場町として栄え、松尾芭蕉も「奥の細道」の奥州行脚の際に立ち寄っている。

毎度のことながら、取材の合間に美術館や史料館巡りをして、芭蕉記念館に入ったときのこと。芭蕉の須賀川での足取りを眺めていて、はたと気づいた。ああそうだ、河合曾良《そら》がいたんだ、と。

芭蕉が須賀川に滞在したのは八日間。未知の土地に八日もとどまるのはよほどのことで、目的がなければ飽いてしまう。どうやって無聊《ぶりよう》を慰めたのか不思議に思っていた。ところが芭蕉はここで連日のように人と会い、地元の弟子たちに接待され、名所旧跡にも訪れている。それもそのはず、旅に同行した弟子の曾良が、宿の手配から歌枕の事前調査、芭蕉を迎える地元名士や俳句会への連絡などすべて行って準備していたからである。記念館の展示も『曾良旅日記』を根拠としていた。

旅の達人という印象が定着している芭蕉であるが、曾良を始め全国に散らばった弟子たちなくして旅はできなかった。弟子たちは芭蕉という人気作家とその作品を支える情報提供者、今でいえば、マネジャー兼コーディネーターだったのだろう。芭蕉本人は、相当なさみしがりやだったのではないか。

私の取材には編集者は同行せず、いつも純然たる一人旅である。もろもろの手配も自分で行う。そのほうが早いし、変更があったときなどを考えると気が楽だからだ。そのくせ、ふとわれに返ってさみしくなる。さみしさは自由の代償だといえば聞こえはいいが、結局のところ、誰かと旅をする楽しさを十分に経験していないためではないかと最近思うようになった。その話は、また後日ということで。

未熟な旅行者

取材先での失敗は山のようにあるが、そのかなりの部分を占めるのは約束の時間に到着できないことである。上京二年目、編集していた雑誌の原稿を依頼するためある作家に会うことになった。会社の住所録にあった家を訪ねて呼び鈴を押したところ、高齢の女性が玄関口に現れた。自己紹介をすると、その女性はキョトンとして、ここに息子はいないといった。

なんと、実家だったのだ。事務所に電話を入れてわびたが、これから向かっても今日は無理だという。後日なんとか会えたものの、今でも顔から火が出そうな大失敗である。当時テレビ番組の司会もする売れっ子作家だったが、お母さんと会った編集者は私ぐらいではないか。

スマートフォンの登場以来、そんなミスはほとんどなくなった。行き先を間違えるのはたんに確認不足だが、電話とファクスしかない時代には仕事の邪魔にならぬよう遠慮していた直前の連絡が、スマホだと短いメール一つで比較的容易にできるようになったのは大きな変化である。GPS機能によって現在地と目的地までの時間や乗り換えルートがわかるのも、未知の場所を歩くときに役立つ。乗り方がわからなくて敬遠しがちだったバスや市電などの地域公共交通を不安なく利用できるようになり、旅の楽しみも増えた。

ただし例外はある。沖縄だ。運転ができない人間にとって、車社会の沖縄の旅はハードルが高い。ここぞという場合はタクシーに乗るが、予算を考えると頻繁には利用できない。そこでバスの登場となるが、これが時刻表がまったくあてにならないのだ。

渋滞に左右されるためか、十~二十分遅れは当たり前。先月訪ねたときは、もう永遠に来ないのではないかとあきらめて炎天下を歩き始めて数分後、横をすーっと走り抜けたものだから腰が砕けてしまった。自分の経験で決めつけるのはよくないと思い複数の沖縄旅行サイトを調べたところ、時間通りに来ないのを織り込み済みで行動するようにとの注意書きがあった。

「バスに乗る人っているんですねえ」。取材先で未確認生物を発見したように驚かれた。「運転中に歩いている人を見かけたら、乗せてあげたくなっちゃう」とも。車が壊れたとか、特別な事情があるから歩いていると思うそうだ。そんな大げさな、と内心思ったのをこのあとひどく後悔することになる。

帰り際、先方が車で送るというのを遠慮してバス停に向かったところ、同じ名前の停留所を複数見つけた。行き先別になっているようだが目的の系統番号が見当たらない。頼りのスマホの地図も停留所の細かい位置までは教えてくれない。地元の野球少年やお年寄りに声をかけてみたが、その答えがどれも違っていて、探し回っているうちに一時間に一本しかないバスが目の前を通り過ぎてしまった。

予定の倍もの時間をかけて宿に着いたら取材先からメールが入った。「バス停わかりにくかったんじゃないですか。やっぱり車で送ればよかったと後悔しました」。はい、素直にお願いすればよかったと後悔しました。

帰京後、バスの現在地がスマホで確認できる「バスなび沖縄」なるシステムがあることを知ったが、時すでに遅し。結局、自分が未熟な旅行者だったことが露呈しただけなのであった。

枕をもって旅をする

枕が変わると眠れない人がいる。遠征が多いスポーツ選手や全国ツアー中のミュージシャンの中には、自分専用の枕をもって移動する人もいるとか。荷物をいかに減らすか日々悩んでいる私には信じがたい。

これまでいろんな場所で寝てきたが、幸いなことに眠れなかったことはほとんどない。快適かどうかはあまり気にならず、二年ごとに開催される山形国際ドキュメンタリー映画祭に通っていた頃はどこのホテルも満室のためやむなく期間工向けの宿に泊まったが、タバコと汗の臭いが染みついた布団に閉口しながらも、気づいたら朝だった。

海外では取材先に泊まることもある。帰りの電車やバスがなく、夜道の一人歩きが危険なためで、ニューヨークでバイオリニスト、五嶋みどり・龍きょうだいの母、五嶋節さんを取材したときはバスの始発までリビングのソファで休ませてもらった。アルゼンチンの日系人農家にお邪魔したときも、ブエノスアイレス行きのバスを待つ間、ソファで寝た。取材者は客ではないのでベッドを借りるわけにはいかない。時間がきたら家族を起こさないようにそっと失礼する。あくまでも始発待ちなのだ。

もっとも思い出深い寝床は二十年来の友人の実家で、中国黒竜江省ハルビン市郊外にある朝鮮族の農家だった。彼女とは電車の行き先を聞かれて親しくなり、日本での身元引受人をしてきたが、久しぶりの里帰りに同行させてもらったのである。

一月下旬、氷点下二八度はまつげも凍る寒さで、見渡す限りの雪原にその家はあった。二重扉に二重窓、床は温かい煙を循環させるオンドルで終日温められていて、掛け布団一枚でも汗ばむほどだった。友人は東京の寒さに驚いたといっていたが、その理由がわかった気がした。

目が覚めたら、にんにくや八角など香辛料の匂いがする。朝食の準備をしているらしい。手伝おうと思って台所に行くと、お母さんが水キムチを漬けながら、「疲れてるでしょう、もっと寝てなさい」とほほ笑んだ。

二度寝は気持ちいい。部屋に戻ると、友人はまだぐっすり寝ていた。彼女は十九歳のとき、家族を支えるためこんな雪深い村から単身来日した。所持品は米と布団と枕だけ。なんという勇気だろう。どんなに心細かったか。彼女が枕をぬらした日々を思うと、胸が痛くなった。

コートを羽織って外に出ると、地平線のかなたから大きな太陽が顔を出した。野良犬が近寄ってきたので、追いかけたり逃げたりしながら遊んだ。かつて満州と呼ばれたこの地の記憶と彼女については『ナグネ　中国朝鮮族の友と日本』に書いたが、刊行後、家の近くに新幹線の駅ができたと聞いた。五年もすれば村は激変するだろう。

アパレル業界で働いてきた彼女は長年の希望をかなえて、日本に自分の店をもった。先日遊びに行くと、商売が安定したら人に任せて実家に帰るつもりだといった。来年はもう四十歳。人生の半分を日本で過ごしたが、年をとって故郷が懐かしくなった、若い頃には考えられなかったけれど、と笑った。

枕をもって旅をする。それは未知の土地で全力で闘うときの決意のしるしなのかもしれない。用事が終わればすぐ家に帰れる私とは覚悟が違う。送り出す留守家族も天に祈るのみだ。

カプセルで見る夢

夜のカプセルホテルは宇宙船のようだ。カーテンの隙間から漏れる灯りの下、乗組員たちは寝る前の大切なひとときを思い思いに過ごす。本を読む人、イヤホンをしてテレビを見る人、近頃はスマートフォンを使う人が大半だろうか。

午前零時が近づくにつれ、一つひとつ灯りが消えていく。空調の音だけが響き、寝返りすら遠慮がちになる。繭の中の蚕のようにカプセルで小さくなっている人たちの姿を思い浮かべながら、私も眠りについた。

カプセルホテルを利用するようになったのは数年前、福岡に出張したときからだ。飛行機のファーストクラスを模したデザインで、大浴場とトイレが共同だ。女性用はまだ少ないが、以後、出張先ではまずカプセルホテルを探すようになった。

自分が閉所恐怖症であることを考えると、これはとても不思議な現象だ。初めてひどい症状に襲われたのは十数年前。仕事が一段落して自分へのご褒美にエステティックサロンに行き、石膏《せっこう》パックをしたときだった。

経験者はご存じだろうが、鼻の穴以外は首のあたりまで石膏で覆い、発汗を促して代謝をよくするらしい。そのまま十五分ほど放置されるのだが、少しでも動くとひび割れて元も子もなくなるため声をあげられないまま悶絶《もんぜつ》した。

エステなら行かなければいいだけの話だが、困ったのは病院だ。脳の磁気共鳴画像装置（ＭＲＩ）検査のため、大音量で音楽が流れるヘッドホンをつけて円筒形の機械に挿入されたときのこと。「動かないでください」と指示されて十秒もしないうちに発狂しそうになった。同様の症状が出る患者がいるそうで、手元に緊急ブザーがあるのはそのためだった。

そんな私がなぜカプセルに寝られるのか。先日、テレビで耐震建築を特集した番組を見ていて、はたと気づいた。熊本在住のある男性は、家全体を耐震化するには多額の費用がかかるため、屋内に既製品の耐震部屋を一つ設置し、そこにベッドを置いていた。人間が一番無防備になるのは睡眠中だから、そこだけ頑丈にしたのである。

わが家は阪神淡路大震災以降、背の高い家具を寝室に置かない。さすがにベッドだけの部屋ではないが、これをミニマムにしたのがカプセルといえないか。覚醒したまま身動きできない石膏パックやＭＲＩと違って、睡眠に特化したカプセルは法律上「簡易宿所」のため扉も鍵もなく、カーテン一枚で瞬時に出入りできるのも気持ちを緩やかにしているようだ。

もう一つ考えられるのは、睡眠と胎内回帰願望の関係である。私たちはそもそも子宮という極小空間で、手足を小さく折り畳んでひたすら眠っていた。胎盤を通して母親から送り込まれる酸素と栄養が唯一の命綱。窮屈だが心地よく、守られながらもちゃんと出口は用意されている。

昔、建築のＰＲ誌を編集していた頃、取材先で布団を敷いただけの寝室を見たことがある。布団を敷くと隙間がなくなるほど狭く、子宮をイメージしたような薄暗い空間だった。

施主は独身男性だったので少々複雑な気分だったが、カプセルで眠る心地よさを知った今では、彼の気持ちが半分は理解できる。

男性専用サウナ付き。そんな看板を見てもこれまでは素通りしていたが、男性諸氏はこんな快適空間で夢を見ていたとは。なんか今頃、悔しくなったぞ。

「森のくまさん」を歌った日

車の運転ができないので、公共交通機関がない土地では自転車に乗るか、ひたすら歩く。取材相手が車で迎えに来てくださることはあるが、アポなし取材となるとそうはいかない。数年前に熊本県の人吉《ひとよし》で大雨に遭遇したときは、飛び込み取材した教会の牧師夫人がずぶ濡れで自転車を漕いできた私を見て、ビニール合羽をくださった。思わず神に感謝したものだ。

一昨年の初夏、北海道の中標津《なかしべつ》から車で三十分ほどの上武佐《かみむさ》という村に出かけた。道はほとんど一直線だし自転車で行けるとふんで準備していたところ、取材相手から迎えに行くと電話がかかってきた。往復一時間もかかるのに申し訳ない。自転車で行きますと伝えたところ、「わあ、やめて。クマの目撃情報があったばかりだから」と注意されてしまった。ク、クマか……。クマなら仕方がない。

過去に怖い思いをしたことがある。北海道津別町のチミケップ湖に行ったときのこと。早朝、あまりに空気が澄んでいるので鈴をつけたリュックを背負って湖岸を一周することにした。人や車の気配はまったくなく、野鳥のさえずりしか聞こえない。見たことのない色や形をしたキノコや花に目を奪われてしゃがみ込むと鈴の音が止み、全身が静けさに包まれた。耳の奥から血液が流れるような音が聞こえる。ふと、さほど遠くないところに生き物の気配を感じて背筋に冷たいものが伝った。

そっと立ち上がって鈴を鳴らし、腹の底に力を入れ直して先を急いだ。ちょうど六大学野球の応援団を取材している頃で、応援歌なら暗唱していた。当時首位だった早稲田大学の「紺碧《こんぺき》の空」から最下位東大の「闘魂は」まで、エンドレスで歌い続けた。景色を楽しむ余裕はない。いつしか静かな原生林の森ががなり声に占拠されてしまった。

一時間半ぐらいだったか、ようやく湖を一周して見覚えのあるアスファルトの車道に出ると、看板が行く手をふさいでいる。通り過ぎてから振り返ってみて仰天した。

「熊出没注意。進入禁止」

逆回りしたため看板に気づかなかったのだ。さっきまでの威勢のよさはどこへやら、口をついて出てきたのは「森のくまさん」だった。スタコラサッサッサーノサーって、まさにこんなときの歌だったのだ。

必要最小限の装備で食料は現地調達する〝サバイバル登山〟で知られる服部文祥《ぶんしょう》さんの『ツンドラ・サバイバル』に、知床や日高の山を歩く服部さんに現地の人がたびたび「クマ、怖くないの?」と訊ね、そのたびに服部さんが「鉄砲ありますからね」と答える場面がある。それでも仕留めた鹿の肉を担いでいるときは、寝込みを襲われたらうまく対処できるかわからない。鉄砲は寝袋の横に、肉は少し離れたところに置いて寝たと書かれていた。クマの糞や、クマが獲物を引きずった痕跡を見極めながら行動できる人だからこそ可能なことだ。目撃情報の絶えて久しい九州でも油断はならない。

素人は知らぬうちに境界を踏み越えてしまう。それは勇気でもなんでもなく、単に未熟なだけ。踏み越えるなら準備と覚悟と森への敬意がいる。丸腰の私は取材先のアドバイスに素直に従い、迎えを待つことにした。

コロナ下の教会で

緊急事態宣言の合間をぬって取材に行く。早々にリモートに切り替えてほとんど外出しない同業者もいるが、私の場合はデジタルになじみのない方への取材が多いため、そうはいかない。

かといって東京から出向くのは慎重にならざるをえず、約束はたびたび仕切り直し、つい先日も関西に行って帰京するや大阪府が緊急事態宣言を要請する事態となり、間一髪であった。

リモートでは聞けないことがある。対面でもたやすく聞けない質問を画面越しに聞けるはずがない。たとえば、あなたはなぜ神を信じるのかと。

この数年、全国の教会を訪ね歩き、そんな問いを発してきた。日本のキリスト教徒は人口の一パーセント以下。それも高齢化と少子化で減少傾向にある。神父や牧師の志願者も減り、一人で複数の教会を担当することは珍しくない。修道会の撤退や縮小、神学校の休校や閉鎖も相次いでいる。

そこに追い打ちをかけたのが、新型コロナウイルスだった。先日も愛知県の教会でクラスターが発生したように、人が集まって歌をうたい、食事を共にする教会はそもそも感染リスクが高い。同じ器やスプーンでパンと葡萄酒《ぶどう》をいただいたり、イコンや掌《てのひら》にキスしたりと、直接間接に人と接触することが典礼に組み込まれている教派もある。

昨年の今頃は、みんなで祈れば感染症を克服できると考える信者と、科学的に行動しようとする信者が対立した教会もあった。礼拝中止になった教会の信者が、ほかの教会を渡り歩くケースも見られた。今は多くが礼拝中止かリモート礼拝で、実施しても感染対策を徹底しているが、ごく一部にマスクもせず礼拝する教会があるのも事実だ。

背景には、礼拝は不要不急ではないという思いがある。高齢者や外国人が多い場合は、教会が互いの無事を確認しあうセーフティネットの役割も担っており、それがなくなるのは生命線を断つことに等しい。

カトリック上野教会と浅草教会を兼務する晴佐久《はれさく》昌英神父は、育児に困難を抱える親やホームレスの人、心に病を抱える若者、ベトナム人技能実習生などに声をかけて食事をする「一緒ごはん」の活動を続けてきた。信仰の有無は問わない。ごはんを食べて語り合い、困ったときは助け合う「福音家族」は、コロナ前には聖堂が一杯になるほどの広がりとなっていた。

それが大幅に制限されることになり、なぜそもそもイエス・キリストは人々と共に食事をしたのか、なぜ人々の体に触れて病を癒やしたのかと神父は問いかける。定期的に更新される教会のホームページに、「最寄りさん」と題する文章が掲載されている。

教会の近くにふだんから弁当を届けている「最寄りさん」と呼ぶホームレスの人がいる。ある日、特別定額給付金の受け取り方がわからないというので申請を手伝うことになった。住所を決める必要があるため戸籍謄本を取り寄せたところ、なんと「本人死亡」とある。裁判所に行ったり区役所に陳情したりと、かなり面倒なことになった。でもそもそも面倒を引き受けて助け合うのが家族ではなかったか。晴佐久神父はそう述べて、こんな一文で締めくくった。

「コロナ時代は、最も身近な他者ときちんと関わることの大切さに気付く、恵みの時代になりました。最寄りさんはたまたまホームレスだっただけで、そうと気づけばだれの身近にも、様々な事情で孤立している『最寄りさん』が必ずいるはずです。あなたの『最寄りさん』は、だれですか」（「浅草教会報」二〇二〇年八月一日号）

コロナについて取材していたわけではなかったが、教派を超えてさまざまな信者と知り合ったこともあって、彼らがコロナ下でどう動いたかをリアルタイムで知ることになった。晴佐久神父だけではない。社会鍋《なべ》で知られる救世軍は急遽オンライン社会鍋を開設し、日露戦争直後から続く歳末助け合いを実施した。看護師としてコロナ患者を担当している人や、繁華街で性的搾取に苦しむ女性の自立支援をしている人、自ら難病を抱えながらもオルガニストとして病棟の仲間に演奏を届ける人など、信仰を表に出さず、人知れず活動している信者もいる。

わずか一パーセントのそのまた一部かもしれないが、自らを小さくして他者のために働く彼らの姿に、二千年前のイエスとその弟子たちが重なるようだった。

なぜ神を信じるのか。そう簡単には答えてもらえそうにないけれど、今日も私は彼らの背中に問いかけている。

闇に差す光

がんの手術で舌と咽頭《いんとう》を切除した父が、「目が見えなくなるのが一番つらい」と紙に書いた。声と嗅覚と味覚を失い、食事は流動食、首に開けた永久気管孔で呼吸をするという三重苦、四重苦を強いられてなお、視覚を失うことのほうが過酷だというのである。ちょうどその頃、私は一人の女性を取材していた。二十代で全盲となって一度は自ら命を絶つことまで考えながらも、さまざまな出会いを重ね、キリスト教や心理療法を学ぶうちに新しい人生を見出した人だった。彼女の抱える不自由を想像するのに、父の一言は大きな示唆を与えてくれた。そもそも障害をもたない人には障害の軽重を比較するという発想がないのではないか。それだけに、亡くなるまでの九年間、多くの障害に苦しんだ父の一言には説得力があった。

彼女は失明はまぬがれないと医師に知らされてから、刻一刻とその瞬間に近づいていった様子を話してくれた。昨日歩いた道で、今日は看板にぶつかってしまう。日一日と何かがうまくいかなくなる。そしてある日、いつものように百ワットの電球をつけて虫眼鏡で英語の辞書を読もうとしたとき、ついにきたかと思った。昨日読めた文字が、今日は読めない。闇の世界が訪れた。

真の闇はそうそう体験できない。消灯してしばらくは手探りをしていても、次第に目が慣れてなんとか活動できるようになる。月明かり、星のまたたき、雨戸の隙間から差し込む街灯。夜とはいえどこかに光はある。

私は彼女の感覚に少しでも近づきたいと思い、ある施設に出かけた。そこでは、真っ暗闇の部屋を目の見えない人に先導されて歩く「ダイアログ・イン・ザ・ダーク」というイベントが行われていた。一チーム、五人程度が行動を共にする。部屋の中は真っ暗で、どれだけ目を凝らしても何も見えない。見えないということは、部屋の奥行きも天井の高さも何もわからないということ。

自分自身の立ち位置を認識できないことほど不安なことはない。先導者の声だけを頼りに、みんなよちよちと子どものように歩いた。

「あれ、ここは橋ですか」「橋みたいですね」「気をつけてください、ちょっと段差があるみたいです」「ありがとうございます」「どっちに行けばいいの」「こっちです、こっち」「こっちって、どっちですか」

見知らぬ者どうしが笑い話のような会話を交わしている。途中にバーがあった。「いらっしゃいませ。アルコールはビール、ソフトドリンクはウーロン茶とオレンジジュース、ジンジャエールがあります」「じゃあ私はウーロン茶」「ぼくはビールかな」。バーテンダーも目が見えない人だ。誰が何を注文したか目印があるわけではないのに、注文通りの飲み物がそれぞれに正しく手渡される。

「今日はどちらからいらしたんですか」「あ、さいたまです」「わたしは世田谷」「なんだか変な感じですねえ」「こんな不思議な感覚を味わったのは初めてです」「ええ、ほんとうに」

どこに向けて声を発すればいいのかよくわからないのだが、誰かがすぐに答えてくれる。聴覚が研ぎ澄まされ、自分に向けられた声とそうではない声を識別しているのだろう。

闇の中の散歩はおよそ二十分ぐらいだったろうか。出口の手前に目を慣らすための薄暗い部屋があり、そこでお別れの挨拶を交わす。入る前はほとんど顔を見ていなかった同じチームの人たちの顔を初めて認識し、さっきまで親しく話していたことが急に恥ずかしく思えてくる。そして、今の今まで頼り切っていた先導者が、世の中では障害者と呼ばれる人たちだったことに気づき切なくなる。私たちだって、光に支えられてかろうじて生きる存在だというのに。

NHKの「聞いて聞かせて～視覚障害ナビ・ラジオ」（当初は「盲人の時間」）が今年、放送開始から五十周年を迎えた。日本点字図書館が発行する「にってんフォーラム」二〇一四年春号に、元チーフディレクターの川野楠己《くすみ》さんの手記が掲載されている。三十年あまり担当する中で川野さんが意識してきたのは、映像のないラジオでリスナーに情景をいかにして伝えるかということ。視覚障害者向けの番組をつくることで習得した細やかな描写の術は一般放送の企画制作にも大いに生かされたという。

「茶室の粗壁に掛けられた　今朝きりだした青竹に活けた　一輪の椿。茶筅《ちゃせん》も茶さじも竹である」（「竹の音」）のように、五十字程度でありありと光景が目に浮かぶのだからすばらしい。

ラジオには想像力を刺激する細やかな表現がまだまだ息づいている。彼女がよくラジオを聞いているのは情報収集だけではなく、豊かな世界がそこに広がっているからだろう。まもなく彼女が登場する『セラピスト』の音訳版が出来上がる。どんなダメ出しがあるか、戦々恐々としている今日この頃だ。

ウソ日記

都内の中学で教鞭を執る知り合いの国語教師は、生徒に「ウソ日記」を書かせている。ルールはいたってシンプルだ。十分以内にできるだけ多くの新出漢字を使って日記を書くこと。文章が多少おかしくても、話の転換に無理があってもかまわない。書き終えたら読んで発表する。

ゲーム感覚で文章を書けて、漢字を覚えられて、なおかつ、みんなに聞いてもらえて楽しい。作文が苦手な生徒でも「ウソ日記」だと張り切って書くという。ウソをついてほめられるなんて、創造の出発点に立たせてもらったようなものではないか。うらやましい授業だ。

ノンフィクションを読んだり書いたりしていると、思いがけない事実に出くわすことがある。それがノンフィクションの醍醐味といえるが、あまりに突拍子もない話だと思わず、ウソでしょ、と声を上げてしまう。

数年前に読んだ、新潟少女監禁事件のルポがそうだった。被害者の少女が発見された日、犯人の母親が保健師に促されて二階に上がると、少女は「お母さんですか？　毎日ご飯を作っていただいて、どうもありがとう」と礼を述べたという（窪田順生『14階段――検証・新潟少女9年2ヵ月監禁事件』小学館）。

母親はこの間、息子の従順な下僕のように買い物に行かされ、食事をつくらされていた。新聞の書評欄でこのエピソードを紹介したところ、案の定、書評委員会の席で角田光代さんに「ウソかと思いました」と指摘された。

事実は小説より奇なり。しかし奇なるほど小説には使えない。ウソは実に奥深い。「ウソ日記」の授業を受けてみたくなった。

第 五 章

人生相談回答者

「する／される」を超えて

東日本大震災の被災地で心のケア活動に従事する人々の報告会を取材したときのこと。福島県飯舘《いいたて》村出身の臨床心理士がいった。

「メディアが心のケアについて報じているのを聞いて、心のケアを受ける側になった私たち被災者は弱い存在なのだと切ない思いがしました」

支える立場にいたはずの人間が突如、支えられる側に立たされた悲しみにふれ、私は、心のケアという言葉を聞くたびに胸が疼《うず》く理由を知った気がした。

心のケアという言葉がメディアに登場したのは一九九〇年代初め、がんや神経難病に苦しむ患者や家族への精神的配慮の必要性が論じられる中でのことだ。雲仙普賢岳噴火や北海道南西沖地震でも心理支援は行われたが、心のケアとは呼ばれなかった。災害に関連して使われたのは阪神淡路大震災のときで、以来、災害や事故、事件が起こるたびに心のケアの大合唱が起こるようになった。

ケアという行為はそもそも、ケアする者とケアされる者という不平等な関係を形成せざるをえない。それだけでも慎重を要する言葉なのに、人の心に土足で踏み込み、すべての人がトラウマを抱えると決めつけるのはなんと僭越《せんえつ》か――。

二十年前にそう痛感し、東日本大震災で後方支援に徹したのが、兵庫県の精神科医や臨床心理士で構成される心のケアチームだった。

心のケア活動とは被災した人に「つらい話、お聞きします」と声をかけることではない。震災直後は患者の移送や病院への薬品提供を行い、数か月間は避難所を、その後は仮設住宅を巡回して正しい情報を伝え、受診が必要な人を医療機関につなげる。ただし地元の医師や保健師から要請があったときのみ出動し、それ以外は心のケアを前面には出さずに待機する。それが息の長い支援を続ける彼らの基本姿勢だ。

誰もが何かをせずにはいられないときに、何もしないでいることはむずかしい。だがそれこそが、悲惨な現場で心のケアを担うプロたちが粛々と積み上げてきた知恵なのである。

支援は、受け入れ態勢を整えるだけで一苦労だ。一九九五年当時、神戸大学医学部精神科では中井久夫教授が本人曰く「電話番」として司令塔を務め、安克昌助手がボランティア医師や看護師らの調整にあたった。全国から数日交替でやってくる人々が滞りなく働けたのはそのためだ。来援者コーディネーション・システムは安氏が生んだ成果の一つだろう。

阪神淡路大震災はまた、多くの人材を育てた。現在、兵庫県こころのケアセンター長を務める加藤寛氏は東京から駆け付け、国内外における心のケア活動の発展に尽力した一人だ。災害ケアのイロハもわからぬまま海外の文献を渉猟し、「心のケアってなんなん？　宗教かなんか？」と疎んじられながら避難所を回った。

消防隊員への聞き取り調査では救助の失敗や同僚の死、住民の非難などが心身に与える影響を検証し、対人支援職が負う惨事ストレスの実態を明らかにした。平時から対処法を学び、心の準備をしていればＰＴＳＤ（心的外傷後ストレス障害）は予防できる。加藤氏はそう考え、東北の消防署や役所でセルフケアの大切さを訴え続けている。

心のケアは長期戦だ。阪神淡路大震災では十年後にＰＴＳＤを発症した人もいる。東日本大震災では今も二三万人以上が避難生活を続けており、今後何が起こるかは予測もつかない。できるのは、過去の教訓を生かして被害を少しでも軽減すること。そして、知恵を語り継ぐことしかない。

人を「してあげる／してもらう」関係に分けることは切なく悲しい。だが世界有数の災害多発国である日本には、その切なさを知る当事者がたくさんいる。傷ついた人のそばにいて共に悲しむことができる支援者がたくさんいる。

それは軍事力でも経済力でもない、この国が世界に誇れる強さではないか。あの日から二十年を経た今、そう確信する。

認知症者の片想い

二十年ほど前の話になる。祖母がNHKのアナウンサーに現金書留を送ったことがあった。中身は三万円。本人曰く、毎日あの方には大変お世話になっているからだという。お金は断りの手紙と共に送り返されてきた。祖母はアルツハイマー病と診断された。

ここ数年は、母が熱烈な大阪朝日放送の視聴者と化した。モーニングショーに始まり、ワイドショーもドラマもニュースも全部ABC。笑う場面ではないところで笑い、他のチャンネルに変えようとすると怒る。そのうちテレビの中の出来事と現実が区別できなくなり、ある覚醒剤事件が話題になったときは私が麻薬で逮捕されたと思い込み、ヘルパーさんたちを巻き込んで大騒動になった。母もまた、認知症と診断されていた。

もちろん認知症はテレビが引き起こしたものではない。ABCにも責任はない。祖母と母に生じたのは、テレビの中のことを現実と取り違える「テレビ徴候」という症状である。一人暮らしで、社会との交流がほとんどなく運動不足。それに加えて、大音量で毎日同じ話題を繰り返されるのだから、衰えつつある脳に負荷がかかるのは不思議ではない。

麻薬騒動のときは、ちょうど元プロ野球選手の事件が繰り返し報じられていた。最近なら森友学園や北朝鮮のニュースで、全国の認知症者とその予備軍が混乱しているのではないか。テレビが引き起こすわけではないが、テレビがなければ存在しなかった症状ではある。

あいにく認知症者とテレビ視聴の関係を調べた研究は見当たらないが、若い頃からテレビを見過ぎることと認知症になる可能性について調査した研究がある。二〇一五年十二月、サンフランシスコの退役軍人医療研究所のティナ・ホアンと、カリフォルニア大学サンフランシスコ校クリスティン・ヤッフェらが、米国医師会精神医学誌（JAMAサイキアトリー）に発表した、一九八五年から二〇一一年の約二十五年間に及ぶ追跡研究である。

対象となったのは、十八歳から三十歳まで三二四七名の男女。二十五年目に、短時間で同じ図形をいくつ見つけられるかを調べるDSSTや情報処理速度を調べるStroopテストなど三種類の認知症テストを実施したところ、一日三時間以上テレビを見ていた三五三人の記憶力が他よりはるかに劣っていることがわかった。

そのうち、運動をほとんどしない一〇七人については、すべてのテストで記憶力が半分ほどしかなかったという。詳細は省くが、若い頃から座りっぱなしでテレビばかり見て運動しない生活を送っていると、中年以降の記憶力や処理速度が悪化し、認知障害のリスクが高まるという結果となった。血糖値やうつ病との関連も指摘されている。

試聴時間や運動は自己申告で、参加者の三割が途中離脱、ゲームやスマホなど近年急増した電子機器は調べられていないといった留保すべき点はあるが、これだけ大規模なコホート研究は無視できない。テレビばかり見てないで外で遊んできなさい、と怒られることには医学的な意味もあったのかもしれない。

ところが認知症になったとなれば、打って変わってテレビ大歓迎だ。徘徊《はいかい》するぐらいならテレビを見ているほうが安心、と思い込んでいる介護側の都合である。見学したある重度認知症病棟では、車椅子に座らされている数十名のお年寄りが壁に設置された一台のテレビをじっと見上げていた。彼らが見ていたのは同じ番組だったのだろうか。

近い将来、いや、今このときも昼日中の視聴者のかなりの割合が病院や介護施設、あるいは家で暮らす認知症者とその予備軍である。だが彼らは視聴率調査から除外され、存在しないものとみなされている。認知症予防をテーマにした番組は多いが、認知症者をターゲットにした番組はない。出演者がよくわからない外来語や新語を使って早口でまくしたてるワイドショー。買え買えと勧められても買うことができない通販番組。認知症者はあんなにテレビが好きなのに、テレビは彼らを見ていない。切ない片想いである。

二〇二五年には七〇〇万人を突破するといわれるこの風変わりな視聴者たちに、テレビができることはないものか。「あらゆる手は尽くしました」といわれたならあきらめもつくけれど、できることはありそうな。たとえば、テレビと脳科学者と介護福祉士とのコラボで、彼らがニコニコ気持ちよくなれる番組を開発するというのはどうだろうか。

御用聞きからしか見えない現実

毎週末の夜、東京新宿の歌舞伎町に一人の男性がトートバッグを手に現れる。ガールズバーの店先で客引きをする若い女性やホテル周辺の路上に立つ女性たちに声をかけ、数分ほど言葉を交わし、マスクや化粧落とし用のクレンジングペーパーを渡す。

特定非営利活動法人レスキュー・ハブ代表の坂本新《あらた》さんだ。性的搾取など人身取引の被害者を支援する団体を経て、二年前から夜の繁華街のアウトリーチ、すなわち現場の被害実態の把握と見守りに特化した活動を行っている。

マスクには「お話を聞かせてください」と書かれた小さな紙が添えてあり、そこには、彼氏や家族や知り合いから性的、肉体的、精神的な暴力や脅迫を受けていないか、やりたくない仕事をさせられていないか、家を借りたいけど借りられないでいるか、お金の不安があるかなど、なんでも無料で相談にのり、どうすればベストかを共に考えます——とある。

現場の困りごとに耳を傾け、情報提供し、本人の了承が得られれば、警察や役所、病院、シェルター、弁護士などしかるべき窓口につなげる。まさに支援のハブだ。

新型コロナウイルスの影響で夜の街は大きな打撃を受けた。性風俗は完全出来高制なので、出勤しても客がつかなければ収入はゼロだ。

坂本さんが初めて見る顔だと思って声をかけたある女性は、ふだんは渋谷の派遣型の風俗店で働いていたが客がまったく来ず、家賃が払えなくなり歌舞伎町に来たという。十九歳だった。

女性がそこに至る背景はさまざまで、年齢も十代後半から五十代までと幅広い。誇りをもって働く人もいるが、親が非正規雇用であったり一人親であったりして経済的な援助が得られないとか、虐待を受けているとか、昼の非正規の仕事では家賃も払えず、割のいい仕事だと思って始めて抜けられないでいるケースも多い。

坂本さんは彼女たちを否定も肯定もせず、信頼関係を築くことに注力する。法や条例を振りかざして止めても、では明日からどう生活するのかという問いには容易に答えられないからだ。

「自分が被害者だと思ってない、自分の意思でやっているから支援対象ではないと思ってる人も多いんです。でもよく話を聞いてみると、彼氏の暴力に苦しんでるとか、行政に頼ろうと思っても知り合いがいるから行けないとか、収入証明が出せないから国の支援が受けられないとか、いろんな問題を抱えている。理由がなんであれ、本人が環境を変えたいと思っているなら手を伸ばします」

通常のカウンセリングでは、相談室に現れたというだけでその人には回復を目指す意志があるとみなす。一方、自分が被害者かどうかわからない人も多い夜の街では、それがむずかしい。現場に出向いて支援活動を行うアウトリーチが必要なのはそのためだ。

近年は夜から昼の仕事に転職する手助けをする団体や、児童養護施設の出身者を対象に自立支援を行う会社もある。一定期間働き、できそうだと思ったら正社員になるステップに進む、無理だと思ってもまた別の会社で一定期間お試しで働くことができる「ステップ就職」というシステムだ。セックスワーカーのセカンドキャリアを支援するネットワークは、少しずつだが確実に広がっている。

私がアウトリーチの重要性に初めて気づかされたのは、阪神淡路大震災の精神科救急に従事した兵庫県こころのケアセンター長、加藤寛さんを取材したときだ。

仮設住宅を巡回し、住民を見守る人材を募集したところ全国から臨床心理士や大学院生など多数の応募があったものの、いざ活動が始まると、こんなはずじゃなかったといってやめる人が多かったという。日常の困りごとに対応する生活支援がメインで、必ずしも専門知識が生かされるわけではないためだ。

だが地道なアウトリーチ、「御用聞き」からしか見えない現実や会えない人々がいるのは事実だ。

坂本さんは、平日は出所者の再就職を支援する会社で働き、レスキュー・ハブの活動はほとんど手弁当でやっている。声をかけたある女性に、「ほんとにいるんだ、無償でやってる人」と驚かれたという。

歌舞伎町ではすでに複数の支援団体が活動しているが、近年は相談が複雑化しており、得意分野を生かした多機関の相互連携が必要となっている。坂本さんのような「御用聞き」活動が全国の夜の街に広がれば、水面下のSOSをもっと受信しやすくなるだろう。

菅義偉《すがよしひで》首相は官房長官時代、アダルトビデオの出演強要など性的搾取をめぐる「人身取引対策推進会議」を立ち上げ、自ら議長となって年次報告書をまとめた。昨年被害者の認知件数が増えたのは取り組みの強化が背景にあるようだが、まだまだ実数を把握できているとはいいがたい。

報告書の末尾には「人身取引の根絶を目指していく」とある。首相の掲げる「自助・共助・公助」のうち、人身取引は「公助」を必要とする最前線だろう。一日も早く、現場からワンストップで生活再建までつながるサステナブル（持続可能）な「官民協働体制」が構築されることを期待する。

正当にこわがる

福島県で取材した帰り、郡山《こおりやま》駅で東北新幹線の事故に遭遇した。仙台—古川駅間で車体屋根のパンタグラフに何かがぶつかって停電し、東北、秋田、山形の各新幹線が上下とも六時間にわたりストップしたのだ。

農家でいただいた野菜をもって在来線で帰京したのだが、日本人はこういう事態にあってもきわめて冷静だった。いや、外国人もいただろうから、日本に住む人々といったほうが適切だろう。都心の通勤電車並みの混雑なのに不満の声は一つも聞こえない。息を殺し、じっと立つ。見事であった。

見事といえば、災害が起きたとき、列を乱さず支援物資を受け取る人々の姿はいつも海外から賞賛される。このたびの大阪の地震でもバスやタクシーを何時間も静かに待つ人々の姿が報じられた。和の精神とか民族性とかいろんな理由が挙げられるが、たんに「お互いさま」という気持ちではないかと思う。

阪神淡路大震災のときの精神科救急に尽力した中井久夫・神戸大学名誉教授によると、被災地に寄せられた義援金のうち、中部地方の支援が目立って多かったという。個人で相当な寄付をした人もあったとか。一九五九年に起きた伊勢湾台風の被災地と重なるエリアで、中井氏はこれは当時の記憶がよみがえった人々の、痛みを共有したいという想いから生まれた行為だったのではないかと述べている。

伊勢湾台風は死者・行方不明者が五千人を超え、名古屋市臨港部や濃尾デルタ干拓地を中心に三〇〇平方キロが長期にわたり浸水した。阪神淡路大震災が起きるまでは戦後最大の激甚災害で、彼らの犠牲のもと、国と地方自治体が防災体制を定める「災害対策基本法」が制定された。来年九月に六十年を迎えるが、当時を記憶する方々はたくさんおられるだろう。

災害大国といわれるこの国では、誰もが心にそれぞれの墓をもつ。大変なときはお互いさまという想いは、私たちの遺伝子に刻み込まれているような気がする。

ところで冒頭の新幹線事故であるが、自戒を込めて振り返ることがある。私は一時間前に事故の情報を得た上で、郡山から東北新幹線ではなく山形新幹線の切符を買った。JR東日本の新幹線上りはどれも東北新幹線に合流するためドミノ倒しのように影響が出ることは薄々気がついていた。駅のアナウンスは運転再開は困難だと何度も告げていた。にもかかわらず私は、一時間程度で再開するはずだと事態を軽んじてその場にとどまり続けた。おかげで在来線に切り替えたときはすでにぎゅうぎゅう詰めだったというわけだ。

正常性バイアスの仕業である。災害や事故の際、都合の悪い情報を無視したり過小評価したりして、まだ大丈夫だと思い込む心理学の言葉だ。緊急時にいちいち敏感に反応していたら身がもたないため、平静を保とうとする心の動きをいう。それ自体は誰にでも備わっている重要な心理メカニズムなのだが、時と場合によっては大惨事を招いてしまう。

東日本大震災で多くの犠牲者があった岩手県山田町でお年寄りに話を聞いたとき、彼らが口々にいったのは、チリ地震津波（一九六〇）の経験が判断を誤らせたというものだった。あのとき大丈夫だったから、今回も大丈夫だと思い込んだのである。聞き取り調査を行った地震学者の石田瑞穂・産業技術総合研究所客員研究員から、過去たびたび大津波に襲われた三陸の町で地震と津波が結びついていないことにショックを受け、地震学者としての責任を痛感したとうかがっていたが、やはりそうなのだ。

「天災は忘れた頃にやってくる」という警句で知られる物理学者の寺田寅彦は、「ものをこわがらな過ぎたり、こわがり過ぎたりするのはやさしいが、正当にこわがることはなかなかむつかしいことだ」（「小爆発二件」）と述べている。緊急時はどんな人でも正常性バイアスが働くことをあらかじめ知っておくことが、リスク軽減に結びつくよう祈る。

歳末助け合いに思う

東京神田の古書店街を歩いていたら、救世軍本営ビルの前に見慣れないイラスト入りの看板が置かれていた。「オンライン社会鍋にご協力お願い申し上げます」という呼びかけの横に、二次元バーコードが添えてある。

救世軍といえば、英国で誕生した国際的なキリスト教団体だ。毎年十二月になると、制服姿の信徒がラッパを吹きながら、「社会鍋」と呼ばれる街頭募金活動をしている。三脚に吊された鍋をご覧になったことがある方は多いのではないか。

年末の風物詩として俳句の季語にもなっている社会鍋の活動が、新型コロナウイルスの影響で大幅に縮小されているらしい。年明けから始まる街頭生活者への給食活動や生活困窮者への慰問活動に必要な資金であるため、オンラインでの募金を始めたようだ。

日雇い労働者が集う大阪の釜ヶ崎に近い救世軍西成小隊を取材させていただいたことがある。温かいごはんと具だくさんのみそ汁を配るのは、かつて配給を受ける側にいた人たちだった。それも今年は回数が減り、炊き出しではなく、パックに詰めた弁当を渡すだけだという。

救世軍に限らず、この冬は全国各地で街頭募金や炊き出しが中止されている。活動に参加する人の健康を守るためとはいえ、こんなところにまでコロナが影響するとは深刻だ。

学生時代に「あしなが奨学金」の街頭募金のお手伝いをしたことがあるため気になって調べたところ、こちらもやはり全面中止で、代わりにオンライン募金が始まっていた。奨学金を支給する一般財団法人あしなが育英会は、事故や災害、病気、自死などで親を亡くした子どもたち、重い障害を抱える親をもつ子どもたちを支援している。この秋には奨学生と保護者を対象に「遺児家庭へのコロナの影響」というアンケート調査を実施した（一万一七八九人対象、回答六二四一人、回答率五二・九パーセント）。

それによると、保護者の三人に一人が「収入が減った」といい、高校生の三割が「気分が落ち込むことが増えた」と回答。大学生の五人に一人が「食事を我慢」し、「実家に仕送りしなければならなくなった」学生も一・五パーセントいた。

機関紙「NEWあしながファミリー」一六七号に八ページにわたって掲載された遺児家庭の声を読むと、これまでも大変だった生活がコロナで親の仕事が減ったりなくなったりして、もっと大変になっていることがわかる。育英会は基金を取り崩して「年越し緊急支援金」として全奨学生に一人二十万円を給付すると決定したが、街頭募金が展開できない中では苦渋の決断だったろう。インターネットに場所を移したさまざまな「歳末助け合い」活動が、どうか多くの人の目にとまりますように。

学生時代、私の募金箱に一万円札を入れてくれた中年男性がいた。びっくりしてお礼の挨拶がワンテンポ遅れてしまった。あれから三十年以上たつが、自分が募金箱に一万円を入れられるかどうか自信はない。物価変動率を考慮に入れた実質賃金は、この三十年間ほとんど上がっていない。ついでにいえば原稿料も当時とほとんど変わらない。

ここは本当に先進国なのだろうか。コロナだけに責任をなすりつけていいはずがない。

ヤングケアラーを探せ

ヤングケアラーという言葉をよく耳にするようになった。病気や障害をもつ親きょうだいや祖父母の介護を、お手伝いの範囲を超えて大人と同等に背負っている子どものことだ。

プライバシーを理由に第三者が踏み込めず、公的支援の網から漏れてしまうことから、進学や就職に影響が及んでいることが長らく指摘されてきた。

総務省統計局が実施した二〇一七年就業構造基本調査によると、十五～二十九歳で家族の介護や世話をする若者は全国で約二一万人。十五歳未満は統計がないため、厚労省がこの冬に中高生を対象に実態調査を行うという。

いやあ、私だって寝たきりのばあちゃんの世話をしたぞとおっしゃる中高年は多いだろうが、昔と異なるのは、ご近所の支援を受けにくくなったことと、少子高齢化やひとり親世帯の増加が背景にあることだ。

ある新聞で人生相談の回答者を務めて十年になるが、近年、家族を介護する十代から手紙が届くことが気になっていた。相談相手がいないから新聞に投稿するわけで、中でも気になるのは、親が精神疾患をもつと思われるケースだ。ただ案じるしかなかったが、最近ある本を読んで多くを教えられた。

精神疾患をもつ親に育てられた子どもの会「こどもぴあ」と専門家が執筆した『静かなる変革者たち』（横山恵子・蔭山正子、こどもぴあ／ペンコム）だ。登場するのは、精神疾患を患う親に育てられ、成長してから精神保健福祉士や精神科看護師などの支援職に就いた人々だ。支援者の目で子ども時代を振り返っているため、教科書で学ぶ専門的知識だけではカバーできない問題への指摘がある。

たとえば、親が世間から受けた屈辱への怒りや親が豹変したときの戸惑い、いつ親が自殺するかわからないので学校に行けなかったという声もある。自分のせいで母親が病んだのではないかと罪悪感に苦しんだ人、将来の夢をあきらめた人もいる。東京新宿の歌舞伎町で働くセックスワーカーについて取材した際、親に精神疾患があり、家計を助けるために働く女性がいることを知ったが、氷山の一角だろう。

支援者となった元ヤングケアラーが共通して語るのは、「家族は家族、支援者にはなれない」ということだ。親子の心理的距離の近さが期待や甘え、いらだちにつながり、振り回される。家族で抱え込んで外部とのつながりがもてず、潜在化しやすいのも大きな問題だ。

わが身を振り返ると、若年性認知症の母の介護が始まった二十代の頃、ヘルパーさんから自分の親の介護はほかのヘルパーに頼んでいると聞いて救われた気がした。そうか、人に頼っていいんだと安堵した。

うつ病患者一〇〇万人時代といわれて久しいが、背後には子どもらしい子ども時代を生きられない子どもたちがいる。ヤングケアラー支援を表明した自治体はあるが、精神疾患をもつ親と暮らす子どもの存在は現状把握からしてむずかしい。早急に彼らを探し出し、家族をまるごと支援するシステムを構築しなければならないと思う。

「こどもぴあ」は少しずつ全国に広がり、家族学習会を開催しているそうだ。子どもたちに一日も早くつながって情報交換をしてほしい。決して一人ではないのだから。

心のもちよう、という前に

新聞の人生相談の回答者を務めていて、このところ気になっていることがある。年齢も性別もさまざま、悩みもさまざまなのに、相談の手紙の末尾が一様に「心のもちようを教えてください」なのである。全部とはいわないが、ここ数年で明らかに増えた。なんだか妙だ。根本的な解決を端からあきらめているのだろうか。自分さえ考え方を変えれば万事うまくいく。万事とはいわないまでも、今より楽になる。そんな願望が込められているように思える。余計な波風を立てたくないためだろうか。相手と衝突して傷つくのが怖いのだろうか。回答者としてはなんとも歯がゆい。問題解決を目指そうよ、と背中の一つも叩きたくなる。

カウンセリングの現場で最初に行われることが一つの助けになるかもしれない。悩みの全体像を把握し、解決できるものとできないもの、解決できないわけではないが努力や技術が必要なものに分類・整理し、評価する。平たくいえば、困りごとのアセスメントだ。

カウンセラーがまず行うのは、病理の見極めである。うつなどの精神症状が疑われる場合、第一選択は医師の診察だ。適切な治療が行われなければ、治るものも治らない。

悩んでいる本人がそれを判断するのはむずかしいなら、周囲が気づいてあげることが大切だ。

幼い頃から父親のアルコール依存症に苦しんできた知り合いの青年がいた。父親のがん発症を機に家族で断酒会に通うようになり、依存症の専門的な治療も行ってようやく飲酒をやめさせることができた。がんがきっかけとは大きすぎる代償だが、家族が勇気を振り絞って一歩踏み出した結果、解決につながったケースである。

今はインターネットで調べれば、医療機関や患者会などの情報が入手できる。心のもちようを考える前に、具体的な手立てがないのか問い直す必要がある。

もう一つ、意外に効果的なのが物理的な方法である。距離をおく、時間をおく、体を動かす。たとえば、ここ数年よく話題になる「毒母」問題。母親が子どものやることなすことすべてに口を出す。子どもも母親への依存から抜け出せず自立できない。母親と距離を置けばいいではないかと普通なら思う。

それができないから苦しいのだが、それでもできることはある。三回に一回は電話に出ない。メールの返信は最小限に。仕事や学校、サークルなどで忙しく過ごす。旅行する、等々。小手先のようだが、外に自分の世界をもてば、自分に占める母親の割合は小さくなる。

「病理」に「物理」。二つの「理」によって、いつの間にか解決できていることは思いのほか多い。はじめから心のもちようを持ち出さないという心のもちよう、といえようか。落ち込んでいるときになかなかプラス思考はできないが、とりあえず試みることがあると知っていれば、自分がいるのは崖っぷちではなく階段の踊り場にすぎないと思える日がくる可能性はゼロではない。

長年、親の介護に携わってきたのだが、一昨年ついに介護ホームに入所してもらったところ、自分が親の犠牲になってきたというわだかまりがすーっと消えた。人はどのように病み、どのように老いていくか。今は長い時間をかけて学ばせてもらっているような気がする。

洗濯がてら面会に通っているが、まったく苦ではない。これまでもこれからも、介護と医療の専門スタッフの助けがあってこそ。一人で悩んでいては闇から抜け出せなかった。二つの「理」はそんな経験から体得した、私自身のお悩み解決法でもある。

最後に、先の青年に教えてもらった「静穏の祈り」を紹介したい。アメリカの神学者、ラインホルト・ニーバーの言葉だ。

「神よ、変えることのできないものを受け入れる心の静けさと、変えられるものを変える勇気と、そして、変えられないものと変えるべきものを見分ける知恵を与えてください」

二番手の命

ニケは十一歳、足が短いマンチカンだ。食事中、そろりそろりとやってきて横に座り、私をじっと見る。人間の食べ物を与えたことはないので、何かくれといっているのではない。たぶん、かわいがれという合図である。

あ、こっち見てるな、見てるな。そう思いながらも、私は、今おまえをかまってるヒマはないんだよと無視をする。それでもニケはじっと見る。マーキングするわけでも膝に乗るわけでもなく、ただじっと私を見る。そのうち私のほうが視線に耐えられなくなって根負けし、頭や首を片手間に撫《な》でることになる。抱き上げると嫌がるくせに、自分が甘えたいときはこれだ。甘え方が不器用なのである。

こうなったのは私と夫の責任だ。半年ほど前、十二年間ともに暮らしたもう一匹のマンチカン、エクトルが死んだ。名前を呼ぶと返事をしながら駆けてくる、犬のように人なつこい猫だった。腎不全と診断されてから一年半あまり動物病院通いが続き、食べ物もトイレも寝床もエクトル中心に回っていた。

いざいなくなってしまうと、特別なことを何もしなくていい状態になかなか慣れなかった。悲しみが深すぎて、ニケの存在が慰めにならない。エクトルが死んだから次はニケを可愛がろうとはならなかった。

甘えてきてもつれない態度で追い返すことが続いた。エクトルと違って毛量が多く、服が擦れただけで毛がつく。セーターなど着た日には撫でないどころか逃げ回った。くしゃみと鼻水で苦しそうにしていても、なかなか病院に連れていかなかった。風邪なんかそのうち治ると思っていた。

そんな日が続いた結果、ニケはいつしか、今はいいかな、大丈夫かな、と様子をうかがうように私を見るようになったのだ。思えば、ニケはいつも二番手だった。わが家にやってきたのはエクトルの一年後。シャムのように垢抜けた高級感漂う毛色のエクトルと違って、ニケはどこにでもいる茶トラだった。エクトルという名の由来は夫が好きなサルサの歌手エクトル・ラボーだが、ニケは三毛猫じゃないから二毛、という実に安易なネーミングだった。

動物界では当然の掟《おきて》だが、二匹の間には上下関係があった。私たちがエクトルを可愛がっていると、ニケは遠くからそれを見ているだけ。とくに夫がエクトルを溺愛しており、愛情の量は明らかに不公平だった。

ボクが代わりに死ねばよかったんじゃないの――。ある日、ニケの声が聞こえたような気がして身震いした。

それは聞き覚えのある言葉だった。震災で姉を亡くし、PTSDに苦しんだ人を取材したことがあった。両親の悲嘆があまりにも深く、そんなに悲しむなら自分が死んだほうがよかったのではないかと思い込み、自分を責めた時期があったと話してくれた。治療を受け、決してそうじゃない、自分の命も両親にとってかけがえのない命に変わりはないのだと理解して回復に向かうが、十代の彼女にはそれほどつらい経験だった。

彼女の想いとニケを比べるわけにはいかない。だが、私たちは明らかに命の価値に差をつけていた。だから、ニケの声はうしろめたさから出た私の声。ニケの気持ちをないがしろにしていると自覚しながら、日々をやり過ごしている自分を試す声。ニケが死んだら絶対に後悔する。ニケが死んだら絶対あの目を思い出す。わかっていながらエクトルのようには愛せない。本当にそれでいいのかと責め立てる声だ。

今、夜の八時。まもなく夕飯の支度だ。夜は朝よりちょっとぜいたくなカリカリをやる。ニケ、ごはんだよ、と呼んでも、子どもの頃のようには走ってこない。食べたいときに食べ、寝たいときに寝る。せめて、エクトルに遠慮のいらない悠々自適の余生を過ごしてもらいたい。それぐらいのことしか願えない。

第六章

ありがとうさようなら

師

お目にかかったことはないが、もう十年以上年賀状のやりとりを続けている女性がいる。雑誌の初仕事でお世話になった野地忠雄さんという競輪の予想屋さんの奥様だ。

野地さんは私の師匠だった。といっても賭け事のほうではない。競輪場で働く人々がどんな人生を歩んできたのか知りたいと思って取材に出かけたとき、最初に話を聞かせてくださったのが野地さんだった。

野地さんは福島県出身。憲兵経験があったため戦後しばらく公職に就けず、職を転々とする中で出会ったのが競輪だった。後楽園競輪場の予想屋に弟子入りして昭和二十五年にデビュー。以来「ファンの先生」となって予想を続けてきた。選手のコメントが予想紙に載ることもなかった当時、予想屋に聞くことなく賭けるのはそれこそ博打だったのだ。

とはいえ、野地さんの予想はあまり当たらなかった。選手への想いが強すぎて冷酷になれない。やさしすぎたのだ。だいたい私のように初歩的な質問ばかりする新米ライターの相手をしてくれるぐらいだから。出直してこいと怒られても仕方がないのに。

自宅を訪ねて驚いたのは、書棚に一冊も競輪の本がなかったことだ。政治史や文学全集、刀剣の本、あとは野地さんが続けている居合道の認定証や賞状だった。野地さんの背後に広がる世界のほんの断片を覗かせてもらい、私はささやかな記事を書いた。

訃《ふ》報《ほう》が届いたのはそれから数年後。奥様の手紙には、体の弱い自分のほうが先に逝《い》くはずだったのにと無念の言葉が綴《つづ》られていた。私は自分を支えてくれていた土台をひとつ失ったような気がした。

喪が明けて、奥様との年賀状のやりとりが始まった。元旦にその名前を見るたび身が引き締まる。奢りはないか。緩みはないか。そう問われている気がする。「野地さんを取材させていただいた日々が私の原点です」。ライター稼業二十年目の年、私は年賀状にそう書いた。

本を捨てる

自宅をリフォームすることに決めた。今以上に年をとると、家具を動かしたり荷物を運んだりするのが体力的にきつくなる。思い立ったが吉日で、家中の整理が始まった。私はモノが捨てられない人間で、さかのぼれば会社員時代の靴まである。断腸の想いで大流行の「こんまりメソッド」を導入し、ときめくか否かを基準に選り分け、お世話になりましたと感謝しつつゴミ袋に入れた。

一番苦労するのが本だ。歩き回って集めた資料はとくに捨てられない。調べ直す必要が生じることを想定して、少なくとも文庫化から十年は手元に置く。東日本大震災のとき書棚が真っ二つに割れて崩れ落ちたので、安全のためにもそれが限界だ。

というわけで、文庫化まもなく十年になる『星新一　一〇〇一話をつくった人』で使った資料の整理を始めたところ泥沼にはまってしまった。次々と懐かしい本や雑誌が現れるためどうしても読んでしまうのだ。

世界の漫画を特集した「文藝春秋デラックス」（昭和五十一年十月号）もそんな一冊だった。付箋をつけたページを開くと、評論家の植草甚一と星新一が一コマ漫画について対談している。よせばいいのに読み始めてしまった。

星は知る人ぞ知る一コマ漫画のコレクターだった。孤島モノや刑務所モノ、天地創造モノなどさまざまな種類がある。評伝を書くにあたってご遺族の許可を得て星の遺品を整理した際、アメリカのコミックブックや一コマ漫画が大量に出てきて圧倒された。星が一コマ漫画を分類・解説した『進化した猿たち』を書いたときに使った原画のようだった。この本は今なお読みごたえがあって、絵と短いコピーに凝縮された笑いと想像力の豊かさに感動を覚える。

アダムがイブに語りかける。

「信じてくれよ。きみを愛してるんだ。きみ以外の女性には、目もくれたことがない」（シドニー・ハリス）

円盤に乗った宇宙人がトナカイに引かれて空を行くサンタクロースを見て一言。

「おい、あんなものの実在を信じられるかい」（オーランド・ブジーノ）

原稿用紙十数枚のショートショートを生涯書き続けた星にとって、一コマ漫画から得るものは大きかったにちがいないと思いきや、植草との対談でこう語っていた。

「やはり、どこか違うんです。要するに漫画というのは一枚で完結しちゃっている。『ショート・ショート』を書く上でいちばん苦しむのは異様なる出だしでしょう。これを考えるのが一苦労で、それさえできれば、あとは簡単なわけですけれど、漫画は出だしがなくて終りがきまっちゃっているわけです。だからあまり役には立ちませんでしたね」

そのうち漫画の整理がつかなくなり、「ながめるだけでうんざりしてしまうんです。それで最近、全部別荘の方に運んじゃった」とも打ち明けている。

そ、それ、別荘まで行って整理したのは私ですよ、星さん。前に読んだはずの対談に思わず突っ込みを入れてしまう。

そんなこんなで、今日も本に埋もれたまま日が暮れていくのであった、と結んでは先が進まない。本は市場に戻してこそ意味がある。私はこちらも断腸の思いで、神田神保町にあるＳＦ専門古書店に買取依頼の電話をかけた。お世話になりました、と感謝して。

たそがれの婚礼家具

四国にある大手家具会社と仕事をしたことがある。そこは昔勤めていた広告会社のクライアントで、優秀な職人を何人も抱え、木の素材感を生かした高い品質の家具を製造していた。私が仰せつかったのは、婚約中の男女を展示場に連れて行くバスツアーのアテンド役。見学してもらったあとにアンケート調査を行い、注文がとれればなおよしということで、私は先輩営業マンの補佐役だった。

婚礼家具なんて買う人がいるのかと疑問に思ったが、意外にもみなさん熱心に見入って従業員を質問攻めにしている。洋服ダンスと和ダンスと整理ダンスの三点セットと、そこにドレッサーが加わった四点セットがある。百万円以上は当たり前の世界なので自分にはまったく無縁と思いつつ、目の前で契約するカップルが何組もいて驚いた。一九八〇年代はまだ、娘の嫁入り道具に家具一式をもたせる親がいたのである。

ひとごとのように書いているが、じつは夫は祖父の代から続く福岡県の家具店の長男で、いずれ家業を継ぐよう育てられてきた人だった。幼い頃から職人のそばでタンスを削り直す作業を見たり、トラックに乗せてもらって顧客に商品を届けたりしていたという。正月は全員で祝い膳をいただき、初荷式では商売繁盛を祈念、トラックを盛大に送り出したそうだ。

事業は長くは続かなかった。近くに大型量販店が進出すると客足は次第に遠のいた。父親は息子に、店を継ぐ必要はないから帰ってくるなといって東京の大学に行かせた。資金繰りに走り回り、気がついたときにはがんで手遅れの状態だったという。バブルに突入する少し前のことだ。店は人手に渡り、しばらくのちに倒産。腕利きの職人を含む従業員たちは失業した。

あの頃、インターネット通販で輸入家具が簡単に買える日が来ると、いったい誰が想像しただろう。狭いマンション暮らしでは、つくり付けの「見えない収納」が好まれると誰が想像しただろう。極力モノをもたない暮らしがかっこいいと説く「断捨離ブーム」の到来を誰が予測しただろう。大きく重い婚礼家具はすっかり行き場をなくしてしまった。材質はいいのでリメイクに出す人もいるようだが、限界はある。土地柄にもよるが、そもそも解体することに抵抗を感じる人も多い。

ネットのよろず相談サイトを眺めていたら、婚礼家具の処分をめぐる相談がたくさん寄せられていた。ある妻は転居先の家に婚礼家具が入らないとわかり、処分しようという夫と、なんとしても入れろと迫る親との間で板挟みになっていると嘆いていた。

入らないものは仕方がないから実家に預かってもらったらいいとか、両親の気持ちを察して部屋をリフォームしてでも入れたほうがいい、など回答はさまざまだが、同様の相談は転勤の季節になるとよく届くようだ。何年か前、経営方針をめぐって父と娘が対立して分裂した家具会社があったが、あれも時代の必然なのだろう。私は息子を家業に縛ろうとしなかった義父に感謝すべきなのかもしれない。

三十年前、アテンドを務めた家具会社は、全株式をファンドに譲渡して数年前に親会社を離脱した。婚礼家具など不採算部門は切り捨てられ、工場は海外へ移転、本社はもう四国にはない。

オリーブの島で世界を考える

香川県農業試験場小豆《しょうど》オリーブ研究所を訪問した。小豆島は学生のとき以来だから、三十数年ぶりになる。ホームセンターや道の駅など新しい施設ができていたが、静かな海に囲まれた美しい島であることに変わりはない。京都から移住した若夫婦が営む古民家カフェでひと休みしてから研究所に向かった。

昨秋、ここで世界的な出来事があった。オリーブオイルの香りや味などの官能評価を行う「香川県オリーブオイル官能評価パネル」が、ＥＵ（欧州連合）などが参加するオリーブオイルに関する世界唯一の政府間国際機関ＩＯＣ（国際オリーブ理事会）の公式パネルに認定されたのだ。アジアではトルコに次いで二番目、日本初の快挙である。

研究所にはＩＯＣの試験に合格した評価員がおり、その評価員をパネルリーダーとして、国際基準を満たす評価室が整備されている。禁酒禁煙は当然で、昼にラーメンを食べた評価員が午後の評価を外れたこともあったという。塩分が濃い食事のあとは、味が薄く感じられるためだ。

私はオリーブオイルの表示を見ても、違いがまったくわからない。その理由がわかった。ＩＯＣ基準で最高級の「エキストラバージン」は酸度が〇・八パーセント以下であるのに対し、ＩＯＣに加盟していない日本が基準とするのはＪＡＳ（日本農林規格）で、酸度二・〇パーセントまでを「エキストラバージン」と表示する。つまり、同じエキストラバージンでも国際基準を満たすものとそうでないものが市場に混在しているのだ。虚偽表示ではないが、消費者が混乱するのも無理はない。

小豆島でオリーブの栽培が始まったのは、明治四十一年。各地で試験栽培された結果、地中海と似た温暖寡雨《かう》な気候に恵まれたこの島が選ばれた。実家が日本最大のオリーブ園を営む評価員は、平成六年に初めてイタリアを視察したとき、オイルの品質で畑の値段が異なることやテイスティングの専門家がいることに驚き、日本にも評価システムが必要だと認識したという。

以来、四半世紀の努力を経て今に至る。ＩＯＣの認定期間は一年で、次の試験に合格しなければ更新できない。厳しい制度ではあるが、健康食ブームを背景に国内の栽培地が拡大する今、香川県が国際基準を維持し続けるのは先駆者の責務かもしれない。

小豆島のオリーブといえば、忘れられないエピソードがある。阪神淡路大震災のとき、水分を含んだオリーブの木のおかげで火元の病院からの延焼をまぬがれた家が神戸にあった。当時、神戸大学医学部附属病院精神科の中井久夫教授はこの奇跡を活動日誌に記し、そんな強い木なら病棟に植えたいと書いた。それを読んだ有志が小豆島のオリーブの苗木を四十本、病院へ寄贈したのだ。実物を見たことがあるが、光差すアトリウムに背の低いオリーブが枝葉を精いっぱい広げている姿に胸を打たれた。

聖書の「ノアの箱舟」には、大洪水のあと陸地を探すためにノアが放った鳩が戻ってきたときにくわえていたのがオリーブの若葉だったとある。国際連合の旗など、オリーブを平和の象徴とする国や機関は多い。災厄に見舞われなければ実感できないほど、平和を意識し、保ち続けるのはむずかしい。小豆島は戦争児童文学を代表する『二十四の瞳』の舞台でもある。島を離れる船に揺られながら、次は家族と一緒にオリーブを見にこようと思った。

ドキドキをくれた人たち

取材でお世話になった方の訃報が続いた。イラストレーターの和田誠さんと作家の眉《まゆ》村卓《むらたく》さんだ。お二人とも『星新一　一〇〇一話をつくった人』に登場する。お二人の証言がなければ、星新一の生涯に大きな空白が生じていただろう。

原稿用紙十数枚のショートショートを書き続けた星は、表紙と挿絵を二人のイラストレーターに依頼していた。大人向けの作品には真鍋博、子どもから読める作品には和田誠だ。シュールで硬質な真鍋とコミカルでかわいい和田の絵は、星作品にとり鉄壁の二大ペアだった。

驚いたことがある。取材の依頼状を出したとき、和田さんから直接電話で返事をいただいたのだ。通常こちらから諾否《だくひ》を確認するので、ひどく緊張した。恐縮していると、「星さんのまねをしました」とのこと。

和田さんの『銀座界隈ドキドキの日々』に詳しいが、和田さんは若い頃、ライトパブリシティという広告制作会社でたばこのパッケージデザインなどをしていた。仕事の合間に描きためた作品があり、これを絵本にすべく思い切って好きな作家や詩人に手紙を出した。

「おーいでてこーい」以来、大ファンだった星新一もその一人。すると突然、うちにいらっしゃいと星から電話がかかってきた。

「向こうからかかってくるなんて思わなかったからびっくりしました。オロオロしましたね」

このときの絵本『花とひみつ』は限定四〇〇部。世界が花でいっぱいになればいいなと願う少女の夢が実現する心温まる話だ。評伝と並行して星の遺品整理をしていたが、無事、大切に保管されているのを発見した。

眉村卓さんを取材したのは大阪阿倍野のカフェだった。トレンチコート姿で颯爽と現れ、さあなんでも聞いてねと満面の笑みで迎えてくださった。

眉村さんはサラリーマンだった頃に「SFマガジン」への投稿がきっかけで星が所属する同人誌「宇宙塵」のメンバーとなった。初対面はその月例会で、場所は東京の星邸だった。

星は大正時代に東洋一の製薬会社といわれた星製薬の御曹司だ。眉村は星を色白で気《き》障《ざ》で神経質な人だと想像していたが、まるで違った。まず異様に背が高い。思わずそんな感想を口走ると、「ラグビーかフットボールの選手みたいでがっかりしたでしょう」といわれ、リアクションに困ったという。

例会ではジョークと爆弾発言を連発。ふだん話が通じる人間が周囲にいなかった眉村さんは嬉しくなり、それからは土曜の夜行で上京して例会に参加し、日曜の夜行で大阪に戻ってそのまま出勤する日々を繰り返した。一九六四年東京オリンピック前夜、日本のSF草創期を築く作家たちが動き始めていた。

眉村さんとは後年、ある座談会で再会した。『妻に捧げた1778話』が話題だったが、私にとってはいつまでも、NHK少年ドラマシリーズ「なぞの転校生」や大林宣彦監督の映画「ねらわれた学園」の原作者だ。口元から少し息が漏れるようなしゃべり方が特徴的で、最後まで笑顔と思いやりの方だった。

二度目の東京オリンピックが近づいている。私たちは偉大な先輩たちがつくったドキドキの日々を超えるドキドキワクワクを、子どもたちにプレゼントできているだろうか。

コロナ禍とジャーナリスト

久しぶりに京都に出張した。私が乗った新幹線の車両は往復どちらも半分以下の乗車率だった。宿泊したホテルのレストランは閉鎖中で、ロビーでほかの客に会うことはなかった。

そんな話を全国紙で記者をしている友人にメールしたところ、うらやましい、うちはまだ出張できないと返信があった。リモートでかなりの仕事ができてしまうことが判明したため、よほどの理由がないと、べつに行かなくていいでしょうと上司にいわれてしまうらしい。人に会って話を聞くのが記者の本分のはずなのに、なんということか。

テレビ局もかなり慎重だ。某キー局に勤める友人もまだ会食に出かけられないと嘆息していた。他局でクラスターが発生して批判されたことが影を落としているようだ。マスコミも組織である限り社内ルールはある。出張や会食を禁止しているわけではないが、万一自分が感染したらと考えて本人たちも二の足を踏んでいるのだろう。

フリーランスの身軽さをありがたく思う。もちろんすべて自己責任だから何が起きても補償はなく、誰を責めることもできないのは覚悟しているけれど。

シリアで取材中に凶弾に倒れた山本美香さんを思い出す。同じ大学の非常勤講師だった頃に食事を共にした。彼女が話していたのは、最前線を取材しているのはフリーランスばかり、大手メディアは社員の安全を考えて現地に行かせない。このままでは日本のジャーナリストは育たないということだった。

講義をまとめた本に彼女の発言が残っている。「やるか、やらないかではなくて、当然やるでしょうと。世界的にこんなことが起きていて、とても重要なことで、やらない理由が見つからない。それなのに『やらない』という選択肢が出てくるのはどうしてだろう、何が問題なんだろう。そこから始まらないと、ジャーナリズム、報道は成り立たないはずです」（『山本美香最終講義　ザ・ミッション　戦場からの問い』早稲田大学出版部）

万全の準備をして社員が犠牲になったとしても、それは職業上のリスクであって、やるべきことをやっての殉職であることを会社として発表しなければならない、とも語っている。

これらの発言は彼女が亡くなってから知ったが、改めてその重さに気づく。私たちが戦火に苦しむ人々の様子を知ることができるのは、私たちの目の代わりとなって現地で取材するジャーナリストがいるからだ。感染症の治療現場や被災地の現状を知ることができるのも、そこにジャーナリストがいるからだ。

銃弾を浴びるのも、拘束されるのも、感染症になるのも、職業上のリスクであって、リスクがあるから行かないというのはジャーナリズムではない。もし何かあって責任を問われるとしたら、行ったことではなく、行くにあたってどこまで準備できていたかに対してだろう。

　この先、日本のマスコミも米国のようなメール取材が標準となるのだろうか。リモートワークを導入しなければ生き残れないという社会全体の空気も影響しているだろう。いや、それでも自分は現場に行かねばならないという人は多いはずだ。そのための話し合いさえ自粛しているとしたら、ちょっとこわい。コロナ禍の今、ジャーナリストも試行錯誤が続いている。

また会う日まで

北九州の小倉から在来線を乗り継いで熊本県人吉へ、人吉から「いさぶろう・しんぺい」と「はやとの風」に揺られて鹿児島中央駅に着いたのは、二〇一六年三月三十一日。九州を縦断して鹿児島入りしたのは初めてだった。

あれから何度鹿児島を訪れただろう。あるときは精神科の患者さんと共に本づくりをしている世界唯一の出版社、ラグーナ出版を取材するために。あるときは戦後まもなくドイツからやってきたレデンプトール宣教修道女会のシスターの話を聞きに。あるときはマリアの島と呼ばれる奄美の教会を巡り、満天の星空を見上げるために。

奄美では父の介護でお世話になった介護士のFさんにも再会できた。神戸に住む父は亡くなるまでの九年間、がんで声と味覚と嗅覚を失った。流動食しか受けつけなかったため、当時近くに住んでいた彼女が定期的に料理を届けてくれていた。冷凍庫にはいつも、解凍してミキサーにかけるだけで食べられる(飲める)料理が保存されていた。

認知症の母には介護保険でヘルパーさんをお願いしていたが、父は永久気管孔という呼吸用の穴を喉に開けていたため難易度が高く、勝手を知らなければ介護できなかった。そのため、元気な頃の父を知る彼女に依頼したのだ。私が介護を続けられたのは、Fさんをはじめ多くのヘルパーさんに支えてもらったからだ。

名瀬《なぜ》の居酒屋で彼女にいろんな話を聞いた。米軍に占領されていた頃、お父さまが進駐軍の通訳として働いていたこと。本土復帰後しばらく、学校で方言を使うことが禁止されたこと。少しでもしゃべったら、「私は方言を話しました」というプレートを首から提げて廊下に立たされたという。一日も早く本土に追いつかねばならないという焦りが、極端な標準化教育を推し進めてしまったのか。

口外してはいけないのだろうが、ほかのお宅の介護事情には大いに慰められた。うちだけじゃないと思えたら、人はずいぶん救われるのではないか。電子レンジにスリッパが入っていても、洗濯機に使用済みのおむつが捨ててあっても、それは自分で料理したい、自分で洗濯したい、人の世話にはなるまいとがんばっている証拠なのだ。

彼女は、次に奄美に来たときはマングローブの森に連れていってあげると約束してくれたが、奄美はおろか、隣の県にさえ行けなくなってしまう日が来るなんて。新型コロナウイルスのパンデミックも二年目に入った。人と直接会う機会は激減したが、リモート技術のおかげで、浅いけれどとてつもなく広く国内外との交流が可能になった。少し前、知り合いを六人たどれば世界中のすべての人とつながる「スモールワールド現象」が話題になったが、まさにそのことを実証しているようだ。

ただ会議を終えて、パソコンの電源を落とした瞬間のさみしさといったらない。やっぱり人が恋しい。

三年前、ラグーナ出版で南日本新聞の記者さんと偶然知り合ったのがきっかけでこの連載が始まった。連載中にまた鹿児島に行くという願いはかなわなかったけれど、生きている限り、また旅はできるだろう。白髪になっても、ちょっとボケても、杖をつくことになっても、鹿児島のみんなにまた会いたい。

競技場にて

旅に出られないと、昔の旅が無性に思い出される。一九九五年、競輪雑誌にルポを連載していた私は、コロンビアで行われた世界選手権自転車競技大会を取材した。五輪正式種目化を目指し、ギャンブルからスポーツへと生まれ変わろうとする頃。日本の第一線の選手といえば大半が競輪選手とあって、彼らに同行したのだ。

世界大会の取材などしたことがない。取材パスの申請から手探りだ。とくに困ったのが言葉である。コロンビアの公用語はスペイン語だが、通訳のあてはない。そこで何を思ったか、首都ボゴタの日本大使館に連絡し、通訳者を紹介してほしいと頼んだ。すると、本業ではないが対応できる職員がいるとのことで、手配してもらうことになった。

空港で出迎えてくださったナガタニさんは私と同世代で、初対面ですぐに誠実な方であることがわかった。ボリビア生まれの日系二世で、母親は東京、父親は長崎出身。長崎県の海外技術研修で来日したことがあるようだった。取材中はもちろん、街の移動から食事まで、ナガタニさんがいなければ迷子になっていただろう。

期間中、日本から来ていた通信社の記者に、彼を貸してくれないかと頼まれた。ナガタニさんの通訳ぶりを見ていたらしい。困惑した。こちらは旅費も謝礼も自腹である。

競輪をテーマに長編を書こうと思い、会社員時代の貯金を取り崩してここまで来たのだ。対して向こうは会社もち。謝礼は私より多いだろう。返答に窮していると、記者はさっさとナガタニさんと交渉して連れて行ってしまった。

うなだれていると、競技場に背丈の低い女性選手が現れた。アルベールビル冬季五輪メダリスト、橋本聖子選手だ。直前の参議院選挙で初当選したばかり。日本選手団唯一の女性だが、まったくノーマークで取材するには準備不足である。私は話しかけることもできず、一人で出走準備をしている彼女の丸い背中を見ていた。

トラックでは落車すると擦過傷を負うため、処置しやすいよう、すね毛を剃る選手が多い。彼女も例外ではなく、血のにじんだカミソリ跡が痛々しかった。予選敗退だったが、表情一つ変えずレースに臨む凛とした横顔に、メダリストの孤独と衿持を見た気がした。

ふと見ると、ナガタニさんがニコニコしながら戻ってきた。引き抜かれることはなかったようで、ほっと一安心であった。

この十年後、驚いたことに、ナガタニさんがボリビア大統領選に出馬した。落選ではあったが知名度のないままの四位は善戦と評価され、国会議員としての活躍がたびたび報じられている。

橋本選手のその後は、誰もが知る通り。感情をあらわにした姿を見たことはないが、東京オリンピック２０２０開会式の挨拶でアスリートをねぎらった際、少し声を震わせていたように思えたのは気のせいだろうか。遠い異国でたった一人で闘っていた彼女が、四半世紀以上を経て今、ようやく一つのゴールテープを切ったのかもしれないと感じた。あの日と同じ、自分を応援する観客が誰もいない競技場で。

絵を捨てる

今朝、一枚の絵を捨てた。額に入ったままなので粗大ごみ扱いとなり、コンビニで購入した二〇〇円券を二枚貼付した。四〇〇〇円で縁を切る。安いものだ。

絵を入れた箱には、鉛筆で「鴨居玲先生」とあった。伯母の筆跡だ。伯父と伯母は共働きで会社を大きくし、力士や歌舞伎俳優のタニマチをしたり美術品を収集したりと、地元ではちょっと知られた資産家だった。

お察しの通り、この絵は鴨居玲の真筆ではない。真筆ではないどころか、絵でもない。保管していた私の両親が亡くなり、神戸の実家を処分するにあたって東京の家に運んでいたのだが、真贋鑑定のため画廊に持ち込んだところポスターだと判明した。贋作《がんさく》ならまだしも、ポスターがわからないなんて、お前の一族の目は節穴かと笑われそうだが、少し言い訳をさせてほしい。

タッカーで厳重に額装され、素人では容易にはずせない状態だった。実家では父の書斎の直射日光が当たらない壁に飾られ、間近で見ることはなかった。阪神淡路大震災のときに落下して角が少し割れたが、そのままにしていた。東京の家でも箱に入れた状態で部屋の隅に置いていた。

安井賞などを受賞した高名な画家とはいえ、自画像にしても老人や酔っ払いを描いた人物画にしても、内面を抉《えぐ》るような暗い作品が多い。この「絵」を所有してからわが家に起きた出来事を思うと、とても飾る気にはなれないでいた。

鑑定が必要だと思ったのは、これまでの経緯による。父が「絵」を持ち帰ったのは一九八〇年代初め。晩年に聞いた話では、伯父が借金のかたとして受け取り、伯母が亡くなったときに父が相続したようだ。

「絵」がやってきた日のことはよく覚えている。酔っ払いの老人が描かれており、頰を染める紅とセーターの青だけが鮮やかに塗られている。右下には「Rey Camoi ESPANA」のサイン。七〇年代、鴨居がスペインのバルデペーニャスに住んでいた頃の作品のようだった。

一目見て、引き込まれた。焦点の定まらない瞳としわくちゃの頰、後退した頭頂部と突き出た腹。そして、くだを巻いているような半開きの口元。ちょっと不気味だけど好きだと思った。

帰国後の鴨居は神戸に住んでいた。姉は下着デザイナーの鴨居羊子。武田尚子著『下着を変えた女　鴨居羊子とその時代』に玲の言葉が紹介されている。自由奔放な姉と自分の人生観をコップの酒にたとえ、あなたはコップに半分の酒があるとまだ半分もあると楽観的になる人間だが、自分はもう半分しかないと悲観的になる人間だと。鴨居玲という人物を表す象徴的なエピソードだった。

ある日、父から鴨居の死を知らされた。車に排ガスを引き込んでの自死であった。「絵」の老人の向こうに眉間にしわを寄せる鴨居の顔が浮かんだ。壁に暗い穴が穿《うが》たれ、吸い込まれるようだった。

「絵」に責任を押し付けるわけではないが、その後、わが家に次々と事件が起きた。父が伯母から相続した株で大失敗。当時の私は投資など知らない。両親が何をいい争っているのかよくわからなかった。

まもなく母が脳出血で倒れ、五〇代前半にして認知症となった。父もがんで声を失い流動食生活が始まった。私は私で、介護と仕事の狭間でもがき続けることとなった。

じつは実家を整理した際、弟がいったんはこの「絵」を処分しようとした。止めたのは私だった。いわく付きだったとしてももっていたい。「絵」はあまりにもわが家に影を落としすぎた。この際とことん付き合ってやろうと思ったのだ。

鑑定を依頼するにあたり、鴨居の真筆を目に焼き付けるため美術館に行った。ポスターは本物を複写したものだから当然だが、鴨居の作品に間違いないと思った。

鑑定窓口の担当者は中身を確認し終えたのち、気休めにもならない言葉で私を慰めた。

「長年楽しまれたのだからよかったじゃないですか。いい絵なのでインテリアとして飾られたらどうですか」

騙されていたと知って半年あまり、今日まで捨てられなかったのはたんなる未練だ。でも、私もまもなく還暦を迎える。これからは少しずつ荷物を下ろしていくと決めた。今日でさよならだ。

それにしても、真筆と信じて世を去った親戚や両親は果たして被害者だったのだろうか。確かに長年楽しませてもらったのだ。夢は見たのだ。もう、いいだろう。

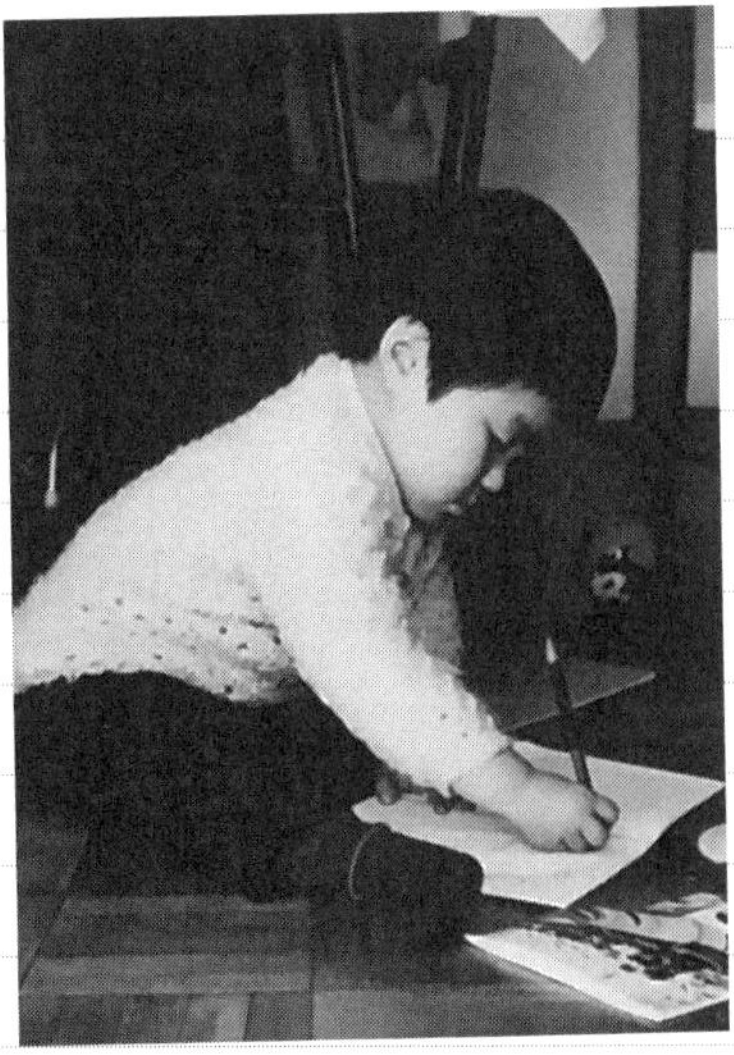

あとがき

還暦を迎えた。本を書く仕事を始めてから、ちょうど三十年が過ぎた。ノンフィクションを生業《なりわい》としてきたので個人的なことはあまり書いてこなかったが、最初のエッセイ集『なんといふ空』（中央公論社・二〇〇一）をこよなく愛してくださっているミシマ社の野﨑敬乃さんが、あちこちに書いてきたエッセイやコラムをまとめた分厚いファイルを丁寧に読んでくださり、久しぶりにエッセイ集として刊行できることになった。両親の介護と別れまでの日々を軸とし、取材で出会った人々や旅のこと、読み返すのも恥ずかしい失敗談などもこの際すべて収録している。

タイトルの『母の最終講義』はもともと、あるエッセイの文中で使った言葉で、ミシマ社社長の三島邦弘さんからこれを書名にしたいと提案されたとき、もうそれしかない、さすが三島さん、と思った。三島さんとは、彼が某出版社の編集者だった頃からの長いつき合いである。初めて打ち合わせでお会いしたのは二十数年前、新橋駅のＳＬ広場前の喫茶店だったか。いつか一緒に仕事しましょうと約束したものの、私がなかなか書き出せないでいるうちに、三島さんがいつのまにか東欧旅行に出かけてしまい、帰国すると別の出版社に転職してしまい、いつのまにかそこも退職して、いつのまにかミシマ社を設立してしまった。取次を通さず書店と直接取引する総合出版社として、日夜たゆまぬ挑戦を続けていることはすでにご存じの方も多いだろう。

互いに年をとり、互いに自分がやりたいことだけをやっていればいいわけではない人生を生きることになったが、それでも本をつくり読者に届けるという目標が揺らぐことはなく、こうして今どき出版するのもむずかしいといわれるエッセイ集を編んでくださったことには心底、感謝している。

折にふれ、原稿を依頼してくださった各紙誌の編集者や記者のみなさまにも大変お世話になった。とくに鹿児島の南日本新聞「朝の文箱《ふばこ》」で連載したエッセイは、日本文藝家協会の年間ベスト・エッセイに二度も選ばれ、このたびの単行本化の力になった。この場を借りて御礼を申し上げたい。

振り返れば、三十年という時間は介護とともにあり、介護なしで今の自分はなかったと思えるほどの物量でのしかかっていた。ところが、喉元過ぎればなんとやらの言葉通り、終わってみればやり切ったという達成感がある。これで自由にどこにでも行ける、大学院にも通えるし、ずいぶん前にあきらめた海外留学だって、今からでも遅くはないだろうと思った。

しかし、そうは問屋が卸《おろ》さない。こんなふうに使い古されたことわざを連発してしまうほど、人生には次から次へと難題がもち込まれて頭が回らなくなる。

本書に収録した「本を捨てる」で自宅のリフォームの話を書いているが、じつは都心にあるこの家にはもう住んでいない。自分が一番驚いているのだが、今は東京郊外のある街で暮らしている。終《つい》の棲家《すみか》にするつもりでリフォームまでした家なのに、どうして引っ越すことになったのか。ここからは少し生々しい話になるが、ご容赦いただきたい。

転居する引き金となったのは、自宅周辺の再開発計画が動き出して深夜まで騒音や振動に悩まされるようになったことだ。もち回りで就任するマンション管理組合の理事長として、コロナの自粛期間中も住人の意見をまとめて意見書を提出したり、住民説明会に出席して意見を述べたりしていたが、パンデミックが収束に向かうや、事態が一気に動き出した。再開発計画に便乗するように道路の拡張工事や近隣のビルの建て替えも始まり、巨大なトラックやクレーン車が窓外を行き来するようになった。

平穏な心で原稿に向き合うことがむずかしくなっていたある夜、自宅前の街路樹が伐採されることになり、最後ぐらい見届けようと思ってそばで観察していた。電動ノコギリの刃がアオギリの太い幹に食い込み、徐々に切断されていく。あらかじめロープで結わえられた木がゆっくり傾くと、トラックの荷台に載せるためクレーンで高く持ち上げられた。宙吊りになった木がコマのようにクルクル回り始め、鳥が一斉に飛び立ち空を覆った。樹冠に鳥がいることは朝夕の鳴き声で知ってはいたが、夜空をさらに暗くするほどたくさん棲んでいたとは……。しばらくその場を動くことができなかった。

そんな日々に追い打ちをかけたのが、夫の病である。もともとがんのサバイバーではあったが、今回は難治がんとして知られる膵臓がんであった。幸いにして発見が早く手術が可能だったため、抗がん剤治療と半日以上に及ぶ大手術を経て現在は通常の生活を送っているが、残された時間をどう生きるかは私たちにとって大きなテーマとなった。

思えば、私が介護に振り回されていても、家に帰れば夫がいた。錯乱状態にあった母をやむなく医療保護入院させた病院から東京に連れてきたとき、母の車椅子を押してくれたのは夫だった。「絵を捨てる」に書いた「絵」を神戸から運んだときも、目を離したすきに盗まれないよう、道中、夫が見張ってくれていた。なによりも、執筆モードに入ると自分のこと以外は何も考えられなくなる私を、何もいわずに支えてくれた人であった。

この家いいね、と夫が物件情報を送ってきたとき、それはもしかして、死ぬならこの家がいいという意味かと思い、すぐに内見の予約をした。

静かな街で暮らそう。多少の不便はあっても、緑に囲まれ、鳥や虫の声が聞こえる家で暮らそう。食べられるあいだは、おいしいものを思い切り食べよう。思うことは、だいたい同じであった。

引っ越しから三か月あまりが過ぎた。ありがたいことに、新しい家には屋上がある。先日は真夜中に寝袋に入ってオリオン座流星群を観測した。私は流れ星を一つしか見つけられなかったが、夫は三つも見つけたらしい。思いのほか長く生きられそうで、これからは週末ぐらいはゆっくり休みをとって散歩でもしようと約束している。

『なんといふ空』を出したとき、いつか続編を出せればいいなと思っていたが、本書は自分の中ではそんな位置づけにある。ずいぶん間が空いてしまったけれど、ようやく実現できたことを大変うれしく思っている。

編集の野﨑敬乃さんも、装幀の脇田あすかさんも、ちょうど三十歳とうかがった。私がこの仕事を始めた年に生まれた赤ちゃんが三十年後、私の三十年目の本をつくってくださることになるとはあまりにもできすぎた話で、それこそ小説にもならないだろう。

それもこれも、一九六三年十一月二十六日に、私をこの世に送り出してくれた父と母のおかげ。生前はイライラして怒ってばかりでごめん。いつの間にか白髪もシワも増えて、いつボケるかわからない年齢になったけれど、そうなればなったで生きていく術を教えてもらったように思う。遅かれ早かれそちらに行きますのでよろしく。ありがとう、またね。

最相葉月

二〇二三年十一月二十六日

初出一覧

掲載タイトル｜初出媒体｜初出時タイトル｜掲載年月日

第一章　「余命」という名の時間

「余命」という名の時間｜文藝春秋SPECIAL2011季刊冬号｜「余命」という名の時間｜二〇一〇年十一月
宗教を語る言葉が欲しい｜月刊住職｜宗教を語る言葉が欲しい｜二〇二〇年一月号
島育ちのご縁から｜南日本新聞「朝の文箱」｜島育ちのご縁から｜二〇二〇年一月十九日
ワクチン集団接種を前にして｜南日本新聞「朝の文箱」｜ワクチン集団接種を前にして｜二〇二一年一月三十一日

第二章　母の最終講義

第二幕が開いて｜ＰＨＰ｜第二幕が開いて｜二〇一七年一月号
母の最終講義が始まった｜日本経済新聞「文化」｜母の最終講義が始まった｜二〇一九年十二月一日
介護の知恵をつなぐ｜山陽新聞「山陽時評」｜介護技術の継承大事｜二〇一六年十月三十日
手芸という営み｜南日本新聞「朝の文箱」｜手仕事の力｜二〇一八年十月二十一日
いつもすべてが新しい｜南日本新聞「朝の文箱」｜毎日が新しいという生き方｜二〇一九年十二月十五日
揺るがぬ岩より高野豆腐｜ＰＨＰ｜揺るがぬ岩より、高野豆腐｜二〇二〇年六月号
新しい日常は別世界｜南日本新聞「朝の文箱」｜新しい日常が始まった｜二〇二〇年五月三十一日
リモートで、さようなら｜南日本新聞「朝の文箱」｜リモートで、さようなら｜二〇二〇年九月十三日
コラム　ごくろうさま｜読売新聞｜ごくろうさま　感謝に上下はない｜二〇一一年六月十七日

第三章　相対音感

相対音感　共に生きていくために―世界「新語解題」―相対音感　共に生きていくために身につく力―二〇一八年六月号
季節ものが消える―南日本新聞「朝の文箱」―季節ものが食べられない―二〇一九年三月十日
ゲリラサイン会―南日本新聞「朝の文箱」―あなたに本を届けたい―二〇一九年四月十四日
バイオミミクリー―山陽新聞「山陽時評」―自然「師」に技術革新―二〇一九年五月十三日
宇宙探査を支える人たち―南日本新聞「朝の文箱」―宇宙探査を支えるきずな―二〇一九年七月二十八日
風呂敷に魅せられて―南日本新聞「朝の文箱」―風呂敷に魅せられて―二〇二〇年八月九日
半世紀の恩恵―山陽新聞「山陽時評」―医学進展　恩恵に感謝を―二〇二〇年十一月十六日
あえて、見ない、知らない、やらない―南日本新聞「朝の文箱」―知らないでいる楽しみ―二〇二〇年十一月二十二日
支援はいつもむずかしい―南日本新聞「朝の文箱」―支援はいつもむずかしい―二〇二一年三月七日

第四章　さみしい一人旅

さみしい一人旅―南日本新聞「朝の文箱」―さみしい一人旅―二〇一八年七月八日
未熟な旅行者―南日本新聞「朝の文箱」―未熟な旅行者―二〇一八年八月十二日
枕をもって旅をする―南日本新聞「朝の文箱」―枕をもって旅をする―二〇一八年十一月二十五日
カプセルで見る夢―南日本新聞「朝の文箱」―カプセルで見る夢―二〇一九年二月三日
「森のくまさん」を歌った日―南日本新聞「朝の文箱」―「森のくまさん」を歌った日―二〇一九年五月十九日
コロナ下の教会で―日本経済新聞「文化」―コロナ下の教会で―二〇二一年五月九日
闇に差す光―かまくら春秋「こころにひかる物語」―闇に差す光―二〇一四年六月号
コラム　ウソ日記―図書―ウソ日記―二〇一五年五月号

第五章　人生相談回答者

「する／される」を超えて―読売新聞―心のケア 切なくも強く―二〇一五年一月十五日
認知症者の片想い―民間放送―認知症者の片想い　高齢社会にテレビができること―二〇一七年四月十三日
御用聞きからしか見えない現実―神戸新聞「針路21」―夜の街の見守り人　性的搾取、被害に目を光らせ―二〇二〇年十月十八日
正当にこわがる―山陽新聞「山陽時評」―正しく怖がる習慣も必要―二〇一八年六月二十五日
歳末助け合いに思う―南日本新聞「朝の文箱」―歳末助け合いの変化―二〇二〇年十二月二十七日
ヤングケアラーを探せ―南日本新聞「朝の文箱」―ヤングケアラーを探せ―二〇二〇年十月十八日
心のもちよう、という前に―ＰＨＰ―心の持ちよう、と言う前に―二〇一八年七月号
コラム　二番手の命―月刊ねこ新聞―二番手の命―二〇一五年二月十二日

第六章　ありがとうさようなら

師―大法輪「鉄笛」―師―二〇一四年十月号
本を捨てる―南日本新聞「朝の文箱」―ありがとうさようなら―二〇一九年六月二十三日
たそがれの婚礼家具―南日本新聞「朝の文箱」―たそがれの婚礼家具―二〇一八年九月十六日
オリーブの島で世界を考える―南日本新聞「朝の文箱」―オリーブの島で世界を考える―二〇一九年十月六日
ドキドキをくれた人たち―南日本新聞「朝の文箱」―ドキドキをくれた人たち―二〇一九年十一月十日
コロナ禍とジャーナリスト―南日本新聞「朝の文箱」―コロナ禍とジャーナリスト―二〇二〇年七月五日
また会う日まで―南日本新聞「朝の文箱」―また会う日まで―二〇二一年四月十八日
競技場にて―暮しの手帖―競技場にて―二〇二一年十二月～二〇二二年一月号
絵を捨てる―日本経済新聞「文化」―絵を捨てる―二〇二三年七月三十日

最相葉月（さいしょう・はづき）

1963年、東京生まれの神戸育ち。関西学院大学法学部卒業。科学技術と人間の関係性、スポーツ、精神医療、信仰などをテーマに執筆活動を展開。著書に『絶対音感』（小学館ノンフィクション大賞）、『星新一 一〇〇一話をつくった人』（大佛次郎賞、講談社ノンフィクション賞ほか）、『青いバラ』『セラピスト』『れるられる』『ナグネ 中国朝鮮族の友と日本』『証し 日本のキリスト者』『中井久夫 人と仕事』ほか、エッセイ集に『なんといふ空』『最相葉月のさいとび』『最相葉月 仕事の手帳』など多数。ミシマ社では『辛口サイショーの人生案内』『辛口サイショーの人生案内DX』『未来への周遊券』（瀬名秀明との共著）『胎児のはなし』（増﨑英明との共著）を刊行。

母の最終講義

2024年1月22日　初版第1刷発行
2024年3月19日　初版第4刷発行

著　　者　最相葉月

発 行 者　三島邦弘
発 行 所　株式会社ミシマ社
郵便番号　152-0035
東京都目黒区自由が丘2-6-13
電話　03-3724-5616
FAX　03-3724-5618
e-mail　hatena@mishimasha.com
URL　http://www.mishimasha.com/
振替　00160-1-372976

ブックデザイン　脇田あすか

印刷・製本　株式会社シナノ
組　　版　有限会社エヴリ・シンク

© 2024 Hazuki Saisho Printed in JAPAN
本書の無断複写・複製・転載を禁じます。
ISBN　978-4-909394-99-6

最相葉月の「人生案内」シリーズ

○ 辛口サイショーの人生案内

最相葉月

就職、結婚、不倫……どんな質問にも、容赦なく真正面から答えてくれ、
思わず背筋がピンとなる。誰もが訊きたかった46の質問!
最相葉月が長年務める読売新聞の大人気連載「人生案内」の書籍化第一弾。

ISBN 978-4-903908-71-7　1,000円＋税

○ 辛口サイショーの人生案内DX《デラックス》

最相葉月

「自分を守れない人に家族は守れません」
「たとえ母親でも、首を突っ込むのはマナー違反です」
「いつも笑っていなくてもいいのです」…
読売新聞の大人気連載「人生案内」から名回答68本を厳選!　待望の書籍化第二弾。

ISBN 978-4-909394-55-2　1,500円＋税

最相葉月の対談本

○胎児のはなし

最相葉月・増﨑英明

経験していない人はいない。なのに、誰も知らない「赤ん坊になる前」のこと。産婦人科界を牽引した「先生」に、生徒サイショーが妊娠・出産の「そもそも」から衝撃の科学的発見、最新医療のことまで全てを訊く。全人類(?)必読の一冊。

ISBN 978-4-909394-17-0　1,900円＋税

○未来への周遊券

最相葉月・瀬名秀明

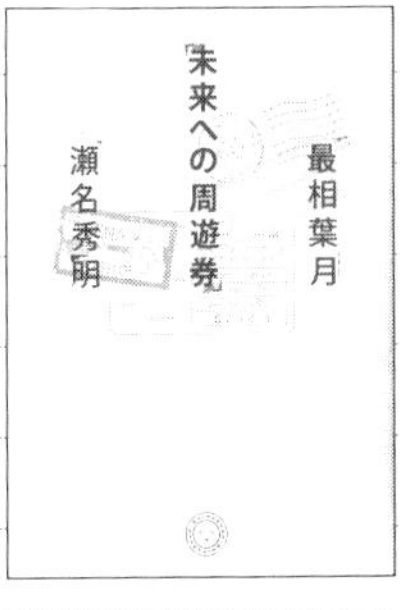

この切符の終着駅はどこだろう?「瀬名さん、準備はよろしいですか?」「最相さん、切符は手にしました」。こうして始まった、1年半にわたる往復書簡。手紙が行き交うたびに紡がれる、未来へ語り継ぐべき言葉の数々。二人の「物語る力」が暗闇と希望をつないでいく。

ISBN 978-4-903908-17-5　1,500円＋税